## *Sur l'auteur*

Né en 1977 dans la région lyonnaise, François Médéline est chargé d'études et de recherches à Sciences Po Lyon durant son doctorat, spécialisé en sociologie politique et en linguistique. Il travaille dans la politique pendant dix ans avant de se lancer dans l'écriture, influencé par James Ellroy. Il est édité à La Manufacture de Livres depuis 2012, où ont paru *La Politique du tumulte*, *Les Rêves de guerre*, *Tuer Jupiter* et *L'Ange rouge*.

*La Sacrifiée du Vercors* a paru chez 10/18 en 2021 et a reçu un très bel accueil critique et public.

*Du même auteur*
*aux Éditions 10/18*

LA SACRIFIÉE DU VERCORS, n° 5748
LES LARMES DU REICH

# FRANÇOIS MÉDÉLINE

# LES LARMES DU REICH

10
18

ISBN 978-2-264-08013-4
Dépôt légal : avril 2022

*À Jean-Pierre Dallier dit « Dalton »*
*et à Pierre Fourniaud,*
*pour les mêmes raisons*
*et avec toute ma gratitude.*

Il faut que tu continues d'avancer.
Tu ne sais pas ce qu'il pourrait
y avoir plus loin sur la route.
On a toujours eu de la chance.
Tu auras de la chance toi aussi.
Tu verras. Vas-y. C'est bien ainsi.
Cormac McCarthy,
*La Route*, traduit par François Hirsch.

C'est une chanson qui nous ressemble
Toi tu m'aimais, et je t'aimais
Nous vivions tous les deux ensemble
Toi qui m'aimais, moi qui t'aimais
Mais la vie sépare ceux qui s'aiment…
« Les Feuilles mortes »,
interprétée par Yves Montand,
paroles de Jacques Prévert,
musique de Joseph Kosma.

# UN VOYAGEUR, DEUX OMBRES

# Comme un bouquet de printemps[1]

L'homme pédale sur le vélo de Fausto Coppi. C'est une façon comme une autre de se punir. Il a acheté sa bicyclette, avec dérailleur à levier unique, aux Cycles Longoni. Grâce à elle, Coppi a remporté le Paris-Roubaix l'année dernière. Le Campionissimo a bouclé 247 kilomètres à une vitesse moyenne de 39,12 kilomètres/heure. Au regard des conditions météorologiques et de l'enfer des secteurs pavés, c'est proprement prodigieux. L'homme roule depuis un peu plus de neuf heures, dont trois sous le crachin. Il est parti à 7 heures pile. Il a séché dans la descente après Hauterives, à la fin des Terres froides. Bien qu'il ne maîtrise pas encore les subtilités du rétropédalage et qu'il soit trop grand pour faire un bon cycliste, il s'entête.

Il vient de Charly, dans le Rhône. Son identité est crédible pour traquer les assassins : « inspecteur Michel ». Tous les policiers de haut rang ont une légende. La sienne est solide. Il vit avec sa mère dans la banlieue lyonnaise, n'est pas marié et n'a pas d'enfants.

1. Les titres de chapitre sont empruntés à des chansons célèbres de l'après-guerre, celui-ci à « Cerisier rose et pommier blanc », interprétée par André Claveau. Voir en fin d'ouvrage.

Il travaille à la brigade criminelle de Lyon. Il devrait être commissaire, mais il a la phobie de la paperasse et de la réussite. Accessoirement, il aime bien son patronyme. Le double prénom tient de la malédiction. Sans doute parce qu'il est d'usage de l'affecter aux enfants de l'Assistance et que ceux-là garnissent les rangs du crime dans une proportion conséquente.

Présentement, l'inspecteur a pincé son pantalon derrière ses mollets, sa casquette en laine est tournée vers l'arrière et ses lunettes lui donnent un air à la Walter Oesau, un vrai as des airs. Avant de quitter la grand-route de Montélimar pour un chemin cabossé, il relève la manche de sa redingote et déchiffre le cadran. Il dit toujours que sa mère lui a acheté la montre-bracelet aux Galeries Lafayette pour son quarantième anniversaire et qu'elle ne le dirait pas ainsi. Elle dirait : « Les Grands Magasins des Cordeliers ». Sa mère n'a d'ailleurs jamais de prénom.

À présent, il est 15 h 22. L'inspecteur se courbe sur son guidon de compétition, contracte ses biceps. Il est en apnée, la côte monte sec. Puis il se met en danseuse. Son temps est compté depuis le 17 janvier 1945. Jusqu'à présent, il a échoué. L'investigation de sa vie est un fiasco.

Il récapitule : il s'est arrangé pour faire appeler la gendarmerie de Crest il y a soixante-douze heures. Il est envoyé par la brigade à cause d'une affaire qui fait du bruit jusqu'à Lyon. Il l'a apprise par *Le Progrès* : « Les époux Delhomme ont été assassinés. »

Des Delhomme, il y en a beaucoup. Vingt, trente mille, qui sait ? Il s'est mis dans l'idée de faire l'estimation et il a arrêté.

Il a aussi lu : « Une fillette a disparu. » Elle a onze ans et l'inspecteur vient pour elle. Il s'est spécialisé dans les disparations, faute de mieux. Celle-ci est la cinquième. Les quatre premières n'ont rien donné, si ce n'est le tournis.

L'inspecteur replace ses longues mains sur le guidon. Ses ongles manucurés contrastent avec son front moucheté de boue. Il actionne le levier de vitesses, rétropédale sensiblement. Le dérailleur place la chaîne sur le petit plateau. C'est une imbécillité de le faire désormais. Ses jambes moulinent trop. Il file quand même en contrebas d'un talus, sur la route encore mouillée. Pour l'instant, l'année 1951 a offert un trimestre de pluie. Il jurerait qu'elle déversera des trombes tout l'été.

Il arrive sous un noyer centenaire dont les chatons tombent comme des piments trop verts épinglés sur le ciel. Il n'y a pas de boîte aux lettres, pas de nom de famille. Mais il a fait des repérages et il sait que c'est là.

Il descend de sa monture, se plante entre un parterre d'iris fini par un if et un bosquet anarchique de lauriers-tins et de lilas. La ferme est plantée d'ouest en est, encaissée comme si la terre venait de l'océan pour l'ensevelir. Ses chaussures en toile, des Onitsuka Tiger qu'il a fait livrer spécialement de Kobe, trempent dans la bouillasse. À travers les branchages d'un gros tilleul, l'inspecteur aperçoit le ciel gris. Le soleil s'éteint sur le Vivarais. Il se répète son mantra : « Celle-ci pourrait être la bonne. »

Il scrute les ouvertures du mur pignon. Une fenêtre à l'étage, volets mi-clos ; décalée au nord, une porte rectangulaire, surmontée d'une autre fenêtre, petite. Il compare les hauteurs. Il doit y avoir deux niveaux de plancher. Derrière l'if, une aire de battage. Entre les feuillages au sud, une prairie, une haie de noisetiers, puis un champ de culture qui s'évade derrière des massifs de buis jusqu'à la colline, à cinq cents mètres. Le champ est labouré. Il n'a pas besoin de sortir la carte. Il se remémore. C'est la colline de Divajeu. Là-bas, il y a une Vierge, pour sûr, qu'elle l'observe.

D'un coup, sa cuisse brûle. Une crampe lui bloque le quadriceps. Il étend la jambe. Ça ne passe pas. Il se masse à travers le pantalon, puis fait un exercice de respiration. C'est inutile, il faut juste attendre. La contracture atteint son paroxysme et s'efface comme elle est venue. Il faudra qu'il applique de l'arnica ce soir. Il en a dans son attirail.

La façade drague le midi pour cueillir le soleil de l'hiver. Elle est recouverte d'un ampélopsis pour se cacher de l'été. Par-delà reprend la prairie, délimitée par des haies, une charmille de mûriers et puis, il le mettrait à quatre lieues, un massif anthracite dessinant, en son extrémité septentrionale, trois becs de calcaire. C'est vers Saoû. Il a étudié le synclinal ainsi que le cours de la rivière Drôme qui serpente la vallée. L'inspecteur cale son vélo contre le tronc, débouchonne sa gourde et boit deux gorgées d'eau salée, son petit sac à dos de montagne collé à ses omoplates qui suintent.

Là, une ombre surgit d'un soupirail. Il sursaute mais ne porte pas la main à la crosse de son pistolet, un Luger P08 en 7,65 millimètres Parabellum, l'arme qui équipe tous les gendarmes au moins depuis que les usines Mauser sont occupées. C'est un chat de gouttière, pelage bleu et yeux verts, museau pointu. Il replace la gourde sur le cadre de son vélo puis entrouvre un portail métallique. Le félin passe par l'entrebâillement. Pas farouche, il se frotte le flanc à sa chaussette haute en miaulant. L'inspecteur l'attrape, lui gratte la tête, derrière les oreilles. La bestiole ronronne et se blottit contre son torse. Il aime les chats, mais ils possèdent un sixième sens. Voilà pourquoi lorsqu'il le repose, le chat crache. Il sent la mort.

Ses semelles en caoutchouc raclent le glacis humide. Des brindilles et des feuilles mâchées parsèment le trottoir. Il passe la première porte, celle d'un cellier, puis une autre. L'inspecteur calcule : pas de fenêtre à gauche, deux au rez-de-chaussée. Tous les volets ont été fermés. Au fond, un cabanon contigu à la bâtisse. Ça doit être le poulailler. À l'étage, il y a trois fenêtres aux volets mi-clos. Sûrement les chambres.

Nous sommes le mercredi 21 mars 1951. L'inspecteur peut se plaindre de beaucoup de choses, mais, pas de ça : on est au printemps. Il relève ses lunettes, coinçant une mèche de cheveux bruns et souples contre son front. Il place la main sur la porte de la ferme et pousse. Le lourd vantail s'entrouvre, comme au ralenti.

## Partie sans laisser d'adresse

Dans la maison, l'inspecteur inspire. Ça sent le feu et le caillou, son palais s'imprègne d'un goût de cendre. Il descend la marche. Les pulsations de son muscle cardiaque accélèrent. Il bloque sa respiration, hésite, ouvre la porte de la cuisine. C'est une pièce carrée, deux mètres dix de plafond, chargée d'ombres : une cheminée massive et un poêle. La lumière est appelée par l'intérieur, elle se projette en cône sur les dalles de pierre. À tâtons, il trouve l'interrupteur et une ampoule grésille, suspendue à deux fils où s'accrochent des grumeaux de plâtre. À part ça, rien ne dépasse. Aucun fruit ne pourrit dans un des plats en terre cuite, pas de quignon de pain qui s'émiette dans la corbeille. La vaisselle est sur l'égouttoir de l'évier en céramique. Il y a une éponge sur le rebord : elle est sèche, rongée. Pas de Frigidaire ni de gazinière. Les gamelles sont usées au cul, mais elles brillent au-dessus du poêle. Le buffet en Formica est le seul élément qui dénote. C'est un achat récent, il fait moderne.

Quelqu'un est passé après la mort et a fait place nette.

Jouxtant le poêle, comme un trou noir. Il y avance. Au passage, sa main glisse sur le bois du buffet. Un duvet de poussière bouloche sous ses doigts. Dans la pièce voisine, une grande table. On a récuré ici plus que de coutume, à la Javel.

La tuerie remonte à trois semaines, quand Henri et Louise Delhomme ont été massacrés. Comme l'inspecteur s'est arrangé pour faire appeler la gendarmerie, il sait que l'arme est un fusil de chasse. Il ferme les paupières, visualise : Henri Delhomme est en bout de table, il ingurgite sa chichole[1]. Le père Delhomme ne se méfie pas, c'est à bout portant. Un doigt presse la première queue de détente. Le coup claque. *Pan !* Les projectiles fondent sur la tête du vieux. La déflagration ricoche. Ils arrachent le haut de son crâne, éjectent des morceaux de cervelle et de cartilage sur la tapisserie à fleurs pourpres. La chaise bascule, le corps s'écrase. L'inspecteur rouvre les yeux, ses pupilles se dilatent. Il n'y a pas de cadavre, que la salle à manger. La scène de crime a été lessivée, le corps d'Henri Delhomme doit être à la morgue de Valence. Peut-être a-t-il déjà été inhumé.

Pourtant l'inspecteur voit Henri Delhomme, contre le mur, il le voit cette fois en vrai. Ses jambes gigotent comme les pattes d'un canard. Surtout, il a été achevé. C'est certain et c'est le deuxième coup. *Pan !* Les billes de plomb transpercent les poumons, le sang monte dans la gorge, coule à la commissure des lèvres. Le souffle d'Henri Delhomme devient rauque. C'est l'arrêt cardiaque : les muscles cèdent et la tête plonge.

L'inspecteur reprend ses esprits, calme sa respiration. Il n'y a aucun mort dans cette fichue pièce. C'est juste

1. Terme dauphinois : pain trempé dans du vin.

l'adrénaline qui produit ses hallucinations. La mort est son vrai métier.

Il avance, inspecte l'auréole de sang lavé sur la tapisserie. Puis il déboutonne sa redingote, enfile une main dans la poche portefeuille de sa veste et en sort un petit couteau de l'armée belge. Lame robuste, décapsuleur et ouvre-boîte, poinçon. Il déplie le poinçon, caresse la tapisserie du plat de la main. Les pointes sont des bouts d'os, les rond de la grenaille qui a loupé la tête. Il positionne le poinçon et extrait un grain. La tapisserie est assez épaisse, la forme du projectile est presque parfaite. Il le fait rouler dans sa paume. Entre son pouce et son index, il jauge le diamètre. Il dirait du huit millimètres, de la chevrotine pour gros gibier. Le père Delhomme n'avait aucune chance, à cette distance.

L'inspecteur ouvre la fenêtre, débarre les volets. Les battants tapent contre la façade en quasi simultané : *clac-clac*. Ses paupières clignent. Dans le potager, des ficelles sont tendues, les semis bien parallèles. Betteraves, panais, pois, haricots : il n'en sait strictement rien. Il conclut : les époux Delhomme vivaient contre le temps, sans besoin de rien ni de personne. C'étaient juste des paysans.

Le mari a été tué en premier, la femme en second. Le bon ordre. Il a aussi fallu recharger le fusil, ça a pris du temps. L'inspecteur passe dans la pièce mitoyenne : immédiatement, ça crapahute. D'instinct, il dégaine le semi-automatique de son holster d'épaule. Il imagine les rats grignoter le cadavre. Ça sent la merde et le foin. Des lapins dans leurs clapiers. Un calustrou[1] est percé

1. Terme dauphinois : petite fenêtre.

au nord. Près du premier casier, l'inspecteur repère des épluchures de patates, des débris de carottes, du fourrage. Une grosse bestiole passe ses nerfs sur un barreau. C'est une lapine. Ses neveux sont probablement ses enfants à force de pondre à tout-va. Voilà où il en est : il braque une lapine gravide avec un pistolet semi-automatique. Somme toute, c'est aussi futile qu'improbable. Il rengaine. Puis il ramasse un brin de paille et le glisse entre les barreaux. La lapine grignote et ça le satisfait. Il n'a plus d'amis depuis longtemps. Sa vie est méfiance. Chaque nouvelle enquête n'est qu'un chapelet de mensonges. Pour faire parler, trouver, tomber, se relever, pour échouer.

C'est à ce moment-là que l'inspecteur réalise : les lapins sont nourris. C'est forcément la gosse. La fillette a disparu le jour du massacre des parents Delhomme. Ça ne peut pas être elle. Si elle était toujours par ici les gendarmes lui auraient mis la main dessus. D'autant qu'elle a onze ans. Elle est née vers 1940. C'est le seul élément qui vaille.

L'inspecteur retourne à l'entrée. Il grimpe jusqu'à l'étage. Sur la droite, un couloir ; de l'autre côté, une grande pièce, la porte est ouverte. Des filets de jour traversent les jointures du volet et dessinent un rectangle blanc sur le parquet. Il y a un lit en noyer, une armoire étroite avec miroir piqueté. L'inspecteur voit sa silhouette dedans, coupée aux genoux. Il étudie les traits de son visage : grand front, sourcils épais et droits. Il est plutôt mince, mais on devine un petit bedon. Surtout, sa gorge est molle. C'est l'âge. Il aura cinquante et un ans dans dix jours exactement.

Il remarque au sol un gros papillon blanc qui a séché et se rappelle les mûriers dans la prairie. Il fait un quart de tour sur lui-même et constate *de visu* que des cocons ont été écrabouillés. Un autre est tranché en deux et peluche. La chambre sert de magnanerie. Les époux Delhomme faisaient dans la soie. Certainement pour payer leurs factures et avoir quelques liquidités. Il ouvre l'armoire : deux cravates, des pantalons d'homme, des chemises d'homme, quelques couvertures, quatre vestes, des chaussettes épaisses, des slips, une grosse ceinture en cuir brut.

Au-dessus de la cheminée, l'horloge retient son regard. L'inspecteur met un temps à comprendre ce qui le dérange : les livres, en tas, partout. Il se penche, ramasse un recueil cartonné, *Les Villes tentaculaires* d'Émile Verhaeren. Il feuillette, remarque des annotations au crayon, chiures de mouche illisibles. Cet auteur, il ne connaît pas. Il décompte à la louche au moins cent livres. Dans la bibliothèque sous la fenêtre, les ouvrages de luxe. Il distingue le dos du *Capital* de Karl Marx. Henri Delhomme était lecteur et communiste. En général, les paysans sont conservateurs et analphabètes. Voilà ce qui ne va pas. D'autant que, les rouges, il déteste.

Maintenant, il avance dans le couloir, les lames de plancher craquent. Première porte, un débarras. La deuxième porte est vitrée. Il l'ouvre. Il y a deux lits, l'un plus petit que l'autre. Le lit d'enfant est fait. La gosse dormait là, à côté de la mère Delhomme. Il repère une fibre qui s'échappe du matelas. Il cherche du sang. Il place une main sur la housse, appuie. Ça crisse. Elle est fourrée de feuilles d'épis de maïs. C'est rustique et économe. Mais il n'y a pas de sang. Rien n'a été lessivé. Il n'y a pas eu de crime ici, rien n'est à apprendre.

Les Delhomme étaient pauvres. Le mari dormait dans la magnanerie-bibliothèque, la femme et la gosse ici. Sur la table de toilette, les pots à coton, le collier de perles suspendu à un coin du miroir. Il se refait le film de l'assassinat. Le premier coup de feu est parti dans la salle à manger. Puis le deuxième. Il chiffre les pas. La recharge du fusil par la culasse. Une cartouche. Deux cartouches. Louise Delhomme qui se précipite, qui n'a pas le temps de dévaler l'escalier. Dans le même temps, il ouvre la fenêtre puis les volets. Le *clac-clac* est amorti par les feuilles de vigne vierge. Louise Delhomme n'est pas morte à l'intérieur. Il n'y a aucun indice. Sans doute a-t-elle été tuée dehors.

Par cette ouverture, l'inspecteur regarde droit devant. La vue est bouchée par un érable touffu. Sa tête pivote. Après le champ, il y a une autre ferme, plus haut, derrière un bosquet de chênes. Elle est composée de deux bâtiments en ruine, isolés de tout.

Il entend le souffle d'un cheval, repère un rouan ardennais, une bête de trait. Il entend des pas, qui écrasent les marches de l'escalier. Il reste prostré, immobile, devant la fenêtre. Il sait que ce n'est pas la gosse. Non, ça ne peut pas être elle. Le pas est trop lourd, trop décidé. Lorsque l'inspecteur se tourne, une silhouette est figée dans l'encadrement de la porte. C'est un homme. Il sera un allié ou un ennemi. Il n'y a jamais d'autres catégories dans le cosmos.

## Soleils et planètes tournent tous en rond

L'homme demande :

— Qu'est-ce que vous faites là ?

— Inspecteur Michel, brigade criminelle de Lyon.

Il le dit toujours en sortant son portefeuille. Comme l'homme tient un couteau à la main, l'inspecteur ajoute :

— C'est surtout vous… Qu'est-ce que vous faites là ?

L'homme ne cille pas. L'inspecteur ordonne :

— Rangez-moi cette lame. Immédiatement !

La carte tricolore s'imprime à retardement dans l'esprit de l'homme ou alors c'est le ton péremptoire : ses épaules s'affaissent. L'homme est costaud mais se décide à replacer l'arme dans son étui de ceinture. L'inspecteur connaît : tout baraqué qu'il est, c'est un gentil.

— C'est à vous, le vélo ?

La question contient la réponse. Cependant, l'inspecteur entend l'accent pas loin du Midi, entre le cueilleur de noix et le coupeur de lavande. Il a étudié tous les accents, jusqu'à se forger le sien, qu'il a voulu neutre. L'homme ne prononce pas *è* comme à Lyon. Il formule *é*. Il doit dire le *lé*, la *foré*, il dirait j'*é*. Le gars est d'ici, il y est né. Ses doigts sont épais, ses ongles amochés et noirs. Ses bras sont sculptés par les bottes de foin qu'il jette à la fourche haut sur les charrettes. Le plus impressionnant, ce sont les pectoraux et les trapèzes qui remontent sur le cou. Il pourrait soulever la grosse armoire à lui seul. L'inspecteur reprend :

— Comment vous appelez-vous ?

— Marc.

— Marc comment ?

— Marc Escoffier.

— Vous êtes de la famille Delhomme ?

— Pas vraiment.

L'inspecteur le fixe. Il lui donnerait trente-deux, trente-trois ans. À moins qu'il ne soit plus jeune, juste mal accoutré et usé par le labeur. Ses bretelles sont fines sur son tricot de corps, son pantalon très large boutonné au nombril. Marc Escoffier ne soutient pas son regard. Il scrute le sol, bafouille :

— J'aidais Henri.

Il ajoute :

— Et Louise, aussi...

— Vous aidiez M. et Mme Delhomme ?

— Oui, garçon de ferme, quoi.

— Et c'est vous qui avez nettoyé la maison ?

— Oui. Avec Nata...

Il ravale la fin de sa réponse, fait diversion :

— Il a fallu tout ranger après le bordel qu'ont foutu les gendarmes.

— Nata ?

Marc Escoffier hésite, déglutit. Après quatre secondes, il dit :

— C'est ma femme, Natacha.

L'inspecteur a connu une dizaine de Natacha. Elles étaient toutes russes. Le prénom n'est pas très répandu à l'état civil. Il tente, pour détendre son interlocuteur :

— Elle est russe ?

Le garçon de ferme a l'air pris la main dans le sac, il rosit. L'inspecteur répète :

— Elle est russe ?

— Oui, c'est ça.

— Et comment elle a débarqué ici ?

Marc Escoffier reprend du poil de la bête, place les mains sur les hanches. Il a la servilité génétique, ça se voit. Les mots peuvent abuser, mais les corps ne mentent jamais.

— C'est quoi, le rapport ?

— Il y a eu deux morts, ici. Répondez à mes questions. Tous les détails ont leur importance.

Marc Escoffier pèse le pour et le contre et dit entre ses dents :

— Je l'ai rencontrée en Allemagne… pendant la guerre.

L'inspecteur en déduit que sa femme doit être en règle avec la préfecture, sinon le garçon de ferme aurait changé de sujet. Il demande :

— STO ?

— Je suis de la classe 22. On a tous été appelés.

L'inspecteur connaît l'inventaire des requis. Les gens ont rangé les six cent mille travailleurs du STO qui ont accepté de partir à côté des collaborateurs. Dans tous les cas, le garçon a vingt-neuf ans.

— Vous étiez dans quelle ville ?

— Pardon ?

— Où étiez-vous en Allemagne ?

— Salzgitter.

— Sidérurgie ?

— Vous connaissez ?

L'inspecteur répond du tac au tac. Il prononce à la française :

— Watenstedt[1] ?

— Oui, chez Mannesmann.

Marc Escoffier relève les sourcils. L'inspecteur a réussi son coup de déstabilisation. L'autre est ferré.

— C'est vous qui avez découvert les corps ?

La réponse du jeune homme lui vient des tripes plutôt que de la tête. Comme quand il fait nuit sort un air mélancolique de sa gorge :

— Non, c'est Nata qui les a trouvés.

L'inspecteur poursuit sur la même voie. Les sentiments, c'est plus efficace que le Bottin téléphonique. Tous les flics devraient le savoir.

— *Ostarbeiterin*[2] ?

— Oui, oui, prisonnière soviétique… Pas volontaire.

L'inspecteur sourit. Depuis six ans, on ne parle jamais de la guerre. Mais lorsqu'elle revient au débotté, il faut s'expliquer. Sinon, c'est vite l'opprobre, encore maintenant. C'est que le bon camp a tressé des lauriers aux siens et rien qu'à eux. Il en a d'ailleurs toujours été ainsi. La honte se réserve les vaincus.

— Très bien. Vous allez me faire visiter… et m'en dire un peu plus sur M. et Mme Delhomme.

1. Quartier de Salzgitter, ville industrielle de Basse-Saxe, renommée pour son secteur sidérurgique.

2. Féminin de *Ostarbeiter* : terme officiel du régime nazi pour désigner les « travailleurs de l'Est » durant la Seconde Guerre mondiale.

Alors que le garçon de ferme obtempère et pivote, l'inspecteur demande :

— C'est la chambre de la gosse, ici, Marc ?

— Oui, Juliette dormait avec Louise, toujours...

L'inspecteur le suit. Il traite les informations. Marc appelle les Delhomme par leurs prénoms. Ça veut dire ce que ça veut dire. Surtout, il connaît désormais celui de la fillette : Juliette. La gosse s'appelle Juliette. Ils dévalent l'escalier, sortent.

L'inspecteur avance sous le tilleul, vers le cheval et l'embarcation. Puis il questionne et Marc Escoffier raconte à contrecœur, en plus il a déjà tout balancé aux gendarmes. Il est méfiant, en dit le moins possible. Il explique le fonctionnement de la ferme : le gros de la production, c'est de la céréale, parfois à perte. Cette année, ça le sera. Ça sent la flotte pour tout l'été. Il y a aussi un carré de tabac pour les cigarettes d'Henri, qui gère les vers à soie. Tout seul. Le jeune homme fait diversion. Cependant, l'inspecteur a compris comment l'amadouer. Il en a retourné des plus féroces que lui dans des conditions principalement déplorables. Il administre une caresse à l'encolure du cheval et ils échangent sur la robustesse de la race.

Marc Escoffier approche et tape le flanc de la bête à tout faire. L'inspecteur dit :

— C'étaient des gens bien, les Delhomme, n'est-ce pas ?

Voilà, c'est fait. L'inspecteur l'a déverrouillé. Et ça a été moins compliqué que prévu. Les gens de la terre font juste mine de ne pas avoir d'amour ni de peine. En vrai, ce sont des gens. Le garçon de ferme rapporte tout au présent, comme s'il n'y avait pas eu de morts dans cette ferme.

Henri Delhomme est quelqu'un de bien, cultivé et tout. Il a mal à la hanche, et il a soixante-douze ans, plus tout jeune pour le travail aux champs. Mais il aide quand même. Les Delhomme ne sont pas d'ici. Ils sont arrivés fin 1945, début 1946, après la guerre. Juliette était toute gosse, tête de blé et yeux bleus. En fait, ils sont de Villard-de-Lans. Ils ont hérité de l'oncle François, un parent de Louise qui n'est pas son oncle. Marc Escoffier, lui, est d'une famille du haut Diois. Il a une bicoque au bord de la rivière, plus loin, avec sa Russe. Il n'a pas de terres, mais il possède le cheval. Alors il fait garçon de ferme ici contre la moitié des récoltes. C'est un échange de bons procédés. Pour la viande, il y a le cochon, une tuade par an, les chevreaux qu'on va manger bientôt, trois cette année, et puis les pintades, et surtout les lapins. Le cabanon au bout du trottoir est effectivement un poulailler. Et c'est Juliette qui s'en occupe. Elle ramasse les œufs chaque jour, et il y a cinq poules, ça fait cinq œufs quand ça veut. Quant au potager, c'est l'affaire de Louise. Les framboises aussi. Elle les vend et fait des confitures pour Juliette, la petite. C'est souvent plus d'argent que la soie même si le sucre coûte. Henri expérimente. Le travail reste le travail. Il est trop cérébral pour aimer ça, et trop gentil avec eux et avec lui-même. De toute façon, les Delhomme sont des généreux, même s'ils ont besoin de lui. En cinq ans, ils ont sympathisé. Bien sûr, ils gardent un peu plus de viande, mais ils sont trois et la gamine a besoin de manger, elle est en pleine croissance, elle mange beaucoup. Avec Nata, ils ont connu les rations schleues, alors un peu de viande, c'est bien. Heureusement qu'ils sont tombés sur les Delhomme, en fait. Un peu au hasard, grâce aux framboises. Marc voulait en acheter pour faire plaisir à Nata. C'était son anniversaire. Certes, c'est cher, mais elle adore ça. Louise lui a fait un prix, en plus. C'est parti comme ça. Elle a vu les yeux de Nata et elle a su que c'étaient des gens de peu. Quand on n'a pas grand-chose, on se comprend. C'était dur quand ils sont arrivés. Lui travaillait pour la moisson, un petit boulot, il louait ses bras. On ne les a pas bien accueillis. Enfin, surtout Nata. Nata ne parle pas la langue. Les gens n'aiment pas les Russes. Les gens répètent ce qu'ils entendent. Les rouges veulent convertir tout le monde au collectivisme, prendre les maisons et les donner aux fainéants et Staline la jouait copain-copain avec Hitler avant de tourner sa veste et de se rallier à nous. Henri, lui, ce n'est pas pareil. Il est communiste. Il sait que plus de vingt millions de partisans y sont passés, sur le front. Et puis, il n'en parle jamais, mais Louise a avoué à Nata qu'il avait été résistant. Oui, résistant. Dans les montagnes du Vercors. Henri sait bien que la grande majorité n'a rien fait. Sauf à la fin. Parce qu'ils peuvent débiner les requis du STO, ils ont rien fait du tout. Les politiques peuvent bien raconter n'importe quoi, et même que certaines ont fait pour les Allemands, qu'elles leur ont pas vendu que du beurre. Et puis, de toute façon, c'est des jaloux. Et puis Nata est plus jolie que leurs femmes, c'est pour ça, c'est la vérité…

Nata, Nata, Nata… Marc Escoffier l'aime trop, l'inspecteur le voit autant qu'il l'entend. Quand le jeune homme a fini de vider son sac, il se souvient qu'il est en face d'un policier et il dit :

— On n'est pas communistes, nous, hein !

Il ajuste les rênes sur sa carriole.

— Vous voulez visiter l'intérieur ?

— Non, je le ferai seul.

— Ah bon ? D'accord…

L'inspecteur ajoute :

— Heureusement que les Delhomme sont tombés sur vous, aussi.

L'inspecteur sait que la flatterie est l'unique moyen de mettre en confiance. Il ne faut pas débuter par ça. C'est ostentatoire. Mais une fois le dialogue noué, un coup de brosse à reluire fait le même effet à tout le monde. Les gens s'aiment. Et quand ils ne s'aiment pas, ils aimeraient bien.

Le torse du jeune Escoffier ne se bombe pas et son regard baisse. Ça vaut consentement. L'inspecteur demande s'ils ont des enfants, avec Nata. C'est une erreur, sa première. Marc Escoffier se ferme. Pourtant, l'inspecteur doit savoir et il n'a plus que la manière forte. Il demande :

— Vous avez des enfants ou pas ?

— Non.

Marc ne le dit pas en scrutant le sol, il observe loin, vers le champ, comme si la vérité se tirait. L'inspecteur Michel ne veut surtout pas savoir si c'est à cause de l'Allemagne. C'est qu'on a stérilisé de la Russe à tout-va, et pas que. D'autant que le jeune homme est mûr pour la suite. Donc, l'inspecteur en revient au fait :

— Elle avait quel âge, Mme Delhomme ?

— Louise ? Je sais pas. Pas loin de soixante, on aurait dit. Mais elle s'arrangeait pas. Plutôt cinquante.

L'inspecteur ne veut pas non plus éveiller les soupçons. Mais Marc Escoffier a dû se poser la question depuis longtemps, il a du bon sens, alors il complète :

— Juliette est née sur le tard. Les Delhomme avaient perdu leur fils unique au maquis. Alors ils ont décidé de remettre le couvert. Pourtant, la Louise, elle était pas vraiment portée sur la chose.

Le garçon de ferme le dit avec de la gourmandise, les yeux éberlués, limite goguenard.

— Henri, il le dit comme ça : « La Louise, elle a fermé les écoutilles. »

L'inspecteur ne lui fait pas remarquer l'incohérence de son argumentation. Si la gosse a onze ans, elle est née au début de la guerre. Les incohérences lui donnent surtout de l'espoir.

— C'est pour ça qu'il l'aimait tant, la gamine. Des fois trop, à toujours la couver.

— Et elle a été tuée où, Mme Delhomme, il y a trois semaines ?

Le garçon de ferme perd sa faconde. Il montre derrière le portillon métallique.

— Là. Elle était en ville quand ils ont tué Henri. C'est la faute à pas de chance, elle descendait presque jamais. Mais elle avait besoin de fil pour sa couture. Pour une robe à Juliette. Sûrement que des voyageurs sont passés au mauvais moment, quand Henri était seul. Et ils étaient encore là quand Louise est remontée. Ils l'ont descendue avant qu'elle voie l'état de son mari, c'est la seule consolation.

— C'était quel jour ?

— Un jeudi.
— Vous êtes certain ?
— Oui, je viens jamais le jeudi. C'était le jeudi 1er mars, sûr. Premier jour du mois.
— Et pourquoi vous dites des voyageurs ?
— Je dis ça comme ça. Vous savez… Enfin, ils ont utilisé le fusil d'Henri. Ils étaient pas armés, c'est pas des professionnels. Ils venaient sûrement pour voler et puis il y avait rien, alors ils l'ont tué.
Ses lèvres roulent sur elles-mêmes et rentrent à l'intérieur pendant qu'il hausse les épaules.
— Et la petite, elle était avec sa mère ?
— Non.
L'inspecteur insiste, du regard.
— J'ai tout raconté aux gendarmes. C'est qu'ils m'ont suspecté, forcément. Heureusement, j'étais couvert.
— Vous avez un alibi ?
— Oui, je travaillais dans une autre ferme, chez les Boutarin, il y a trois témoins.
— Elle était où, la gosse ?
— Personne n'en sait rien.
— Pardon ?!
— C'est Henri qui lui fait l'école, mais elle n'était pas à la ferme cet après-midi-là. Il lui fait pas classe le jeudi. Du moins, je crois pas. C'est que c'est quelqu'un, l'Henri : il sait lire, écrire, il connaît même les mathématiques et l'histoire, et la géographie du pays mieux que sa poche. Il a tout appris dans les livres. Louise, elle, faisait le catéchisme à Juliette. Et elle est sacrément bigote, aussi, c'est son seul défaut. Elle prie, elle prie et elle pense que Juliette, on la lui a envoyée du Ciel.

L'inspecteur n'en tirera plus rien. Pourtant, Marc Escoffier ajoute :

— Si on la retrouve… on s'en occupera, avec Nata. Y a pas à s'inquiéter. La pauvre gosse… Mais dites, vous allez la retrouver, Juliette ? Les gendarmes sont pas doués. Ils savent faire chier les braves gens, mais quand il y a du grabuge, plus personne… Vous savez, ils seraient morts pour elle, ils l'adoraient. Peut-être qu'Henri, il est mort pour la protéger ?

L'inspecteur reste de marbre. Il le fixe.

— Vous allez la trouver ou pas ?

C'est l'évocation qui le détraque. Oui, il pourrait la trouver, cette fois. L'inspecteur ne se contrôle pas vraiment, dit :

— Je ne sais pas. Ce n'est peut-être pas un crime.

— Comment ça ?

— Où a-t-on trouvé le fusil ?

— À côté de Louise, là.

L'inspecteur voudrait soulager sa peine et il aimerait plus que tout que Juliette soit en vie. Il n'a plus que ça. Marc Escoffier a Natacha, lui n'a qu'un fantôme qu'il traque. Aujourd'hui, face à ce jeune homme, il ne se domine pas. Les pensées s'évadent par sa bouche, sans filtre :

— Il faut retrouver les meurtriers… Ou peut-être le meurtrier…

L'inspecteur avale une bouffée d'air frais et se reprend : un policier, ça ne peut pas avoir de cœur, un policier, ça enquête, ça analyse les faits, ça compile des indices et ça cherche des preuves. Un policier, ça ne croit pas aux esprits.

L'inspecteur surjoue la dureté du ton et embraie :

— Il n'y a pas de témoins ?

— Vous avez qu'à demander aux gendarmes !

L'inspecteur est plus faible qu'il ne l'imagine. Et il dérape de nouveau quand il marmonne :

— C'est bizarre, que la gosse ait disparu…

Marc Escoffier semble déjà avoir réfléchi à la question et rétorque :

— Y a tous les trafics, elle est peut-être déjà sur un trottoir à Lyon ou à Paris.

— Vous avez de drôles d'idées.

— On l'a pas trouvée. Ils ont descendu la rivière jusqu'au Rhône. Les gendarmes ont organisé une battue avec les chasseurs qui se sont portés volontaires.

— Personne ne sait si elle a disparu *après* les meurtres, en somme ?

— Comment ça ?

L'inspecteur en a trop dit, alors il noie le poisson :

— Toutes les évidences sont des pièges lors d'une enquête criminelle.

— Elle aurait disparu *avant* ?

— Je ne ferme aucune porte avant d'avoir fait les vérifications. C'est la base de mon métier.

L'inspecteur marque une pause. Comme il ne maîtrise plus la situation, il doit conclure.

— Où habitez-vous ?

— À la Chomeane.

— Je passerai chez vous. J'aurais besoin de parler à votre femme. Au revoir, Marc.

## C'est le soleil du soir

L'inspecteur descend à la ville. Son vélo le porte jusqu'à la voie ferrée qui relie les montagnes à la vallée du Rhône. Il n'a pas besoin de pédaler. Il dépasse un garage automobile, c'est annoncé à la peinture bordeaux sur une façade beige ; puis la caserne de pompiers, une estafette est garée devant. Il roule au milieu de la chaussée, sans éclairage.

Les images défilent dans sa tête : après le départ de Marc Escoffier, il est allé visiter l'intérieur de la ferme. Il n'y avait pas d'écurie, pas de chèvrerie, pas de porcherie. Tout était mélangé, les outils agricoles et les bêtes, un cochon, cinq chèvres, trois chevreaux. Et ça puait. Les chiottes étaient à l'extérieur. Comme à l'ancienne, avec un gros seau pour rincer. Il a repéré un alambic. Sa tête lui refabrique les odeurs, ou alors ça schlingue pour de vrai. Au-dessus de la remise, il y avait un plancher ajouré. Il est monté par l'échelle. Quelques bottes de paille, des babioles. Et un petit coffre, qu'il a crocheté en cinq minutes. Mais il n'a rien trouvé. Seulement une liasse d'emprunts russes, les gens les gardent. Les affaires de classe de la fillette étaient dans la grande armoire de sa chambre, avec ses vêtements, tous cousus main et faits maison. L'inspecteur a ouvert ses cahiers. Il a lu, étudié l'écriture ronde, la calligraphie académique. Les cartes de géographie étaient reproduites, chaque continent, les pays, tous les départements français, préfecture, numéro, fleuves et routes principales, un travail de titan. Henri Delhomme veillait aux progrès de l'enfant, des dictées parfaites, à peine une correction d'accent et avec parcimonie. L'inspecteur a évidemment reniflé les cahiers. Il a cherché l'odeur de la fillette. Ça ne sentait que le papier et l'encre. Puis il a tout retourné. Ça lui a pris trois heures. Dans le cellier, il est allé jusqu'à vider les biches[1] en gré remplies de sel, il a soulevé chaque conserve de légumes. Dehors, il a aussi fait coulisser la grande plaque métallique du puits. Une échelle était placée sous le regard. L'inspecteur a jeté un caillou pour sonder la profondeur et a évalué. Treize mètres. Il a éclairé le fond : le faisceau lumineux n'était pas assez puissant mais suffisamment pour admettre qu'il n'y avait pas de gamine morte dedans. Il a entrevu une voûte. Il a imaginé un tunnel, puis il s'est raisonné. Il a pensé à un réseau de drainage. Il n'est pas descendu, il n'est pas intrépide. Ça fixe quelques limites à ses obsessions.

Il est revenu dans la cuisine puis la salle à manger. Il a fouillé tous les placards, les tiroirs, chaque boîte. Il n'y avait aucun papier d'identité, aucune photographie, rien de chez rien. Nulle part. Pas d'acte de naissance, pas de livret de famille, pas de papiers

1. Terme dauphinois, récipients à ouverture large, souvent utilisés pour le transport et la conservation du lait.

notariés. Ni courriers administratifs ni correspondance, pas même des lettres sans moindre importance.

Les Delhomme subsistaient, sans téléphone, juste de l'électricité pour l'éclairage. C'est la seule conclusion qu'il peut tirer : impossible de reconstituer l'histoire depuis leur arrivée à Crest, encore moins avant. Tous trois vivaient cachés ici, avec l'aide de Marc Escoffier et sa femme russe.

L'inspecteur se mange l'intérieur des joues quand un courant d'air le secoue. Il faut que la fillette soit en vie. Il faut que Juliette soit une autre. Il le faut. Il est toujours dans ses pensées, sur son vélo, à l'entrée de la ville. Un camion Berliet en tôle bleue le dépasse. Le chauffeur klaxonne puis le serre contre l'accotement. Il ne peste pas, il a l'habitude. Le camion, dont la remorque est vide, s'engage à toute berzingue sur le pont qui enjambe la rivière. Le chauffeur va trop vite, les tambours de freins crissent. Les feux de stop s'illuminent pendant qu'il contourne une immense place. Elle est recouverte de terre battue et, avec ce temps de chien, elle ressemble à un terrain vague. C'est le Champ-de-Mars, comme l'indique un panonceau.

L'inspecteur repère le monument aux morts, le drapeau tricolore, des gerbes de fleurs. On doit y organiser les vogues[1] et les bals, le marché aux bestiaux. L'inspecteur franchit le pont. La Drôme occupe un tiers de son lit, les galets ronds blanchissent les berges. L'eau fouette les piles et décanille en remous furieux entre les îlots de sable et de cailloux. Elle roule vers l'ouest plus clair, appelée par les nuages gris qui flottent sur un ciel

1. Fêtes patronales.

d'estompe, rouleau géant de marine et de noir. Après l'orage, la rivière doit se transformer en torrent, trimbaler son limon et des bois jusqu'au Rhône. Il s'arrête au stop pour laisser passer deux automobiles qui remontent le quai. La passagère d'une Simca Aronde lui lance un regard. La voiture en jette, toute brillante. Le conducteur porte un chapeau.

L'inspecteur entend la rivière. Elle l'appelle. Il se tourne. C'est par là. C'est le chemin de la fuite. Pourtant, il traverse le quai et dépasse le *Café du Commerce*, qui est plein. Il prend la rue qui sépare un tabac d'une quincaillerie. Il a fumé dans une autre vie. Et puis il s'est infligé ses punitions : le vélo, plus de tabac, plus d'alcool, le jeûne tous les dimanches… Le tabac fut la pire d'entre toutes. La pénitence a toujours un prix. Il lit les écriteaux, c'est machinal :

LIBRAIRIE, PAPETERIE, MAROQUINERIE, PARFUMERIE,
TABAC

*LE DAUPHINÉ LIBÉRÉ*, *LE PROGRÈS*, *LE MÉRIDIONAL*,
*LE PROVENÇAL*

Et derrière la vitrine éclairée : Balto. Lui fumait des Sturm. Des pures, des fortes, des cigarettes pour les hommes. Il s'en est débarrassé après deux rechutes. Il est trop faible. Et il le sait. C'est pour ça qu'il ne s'avoue jamais qu'il en a toujours envie.

La rue débouche sur une côte pavée. Une enseigne lumineuse le renseigne. C'est là qu'il va : l'*Hôtel des Voyageurs*, deux étoiles. Il ouvre la double porte et pénètre dans le vestibule avec son vélo. Il procède toujours ainsi, par surprise et avec du spectacle. L'inspecteur n'a pas réservé de chambre. Il se tient dans le hall, bien droit, ses lunettes d'aviateur sur le front, sa monture crottée en guise d'épouvantail, et pousse le bouton de la sonnette. Un bout de femme débarque d'une salle bruyante. Elle referme derrière elle, lui flanque un œil mauvais. Elle mesure un mètre cinquante-cinq, bonne poitrine. Elle porte une robe à fleurs et un gilet en jersey désassorti. Ses cheveux châtains sont frisés aux bigoudis. Elle est jolie, typiquement française, cette race de femmes pourvues du cerveau et libres d'en bas. En conséquence, elle ne se débine pas, d'autant que la surprise a ses limites.

— C'est interdit aux bicyclettes et aux chiens.

Il l'examine, pivote ostensiblement, sourit.

— Je n'ai pas de chien !

Elle s'esclaffe, hausse les épaules. Il lui donne un regard par-dessous, comme il sait faire avec ses yeux de chat, verts.

— Il me faudrait une chambre.

— Vous avez réservé ?

— Non.

Elle le détaille, cherche dans son registre.

— Combien de nuits ?

— Je ne sais pas.

— Il ne sait pas… J'ai la 14 pour les trois prochaines.

Il opine.

— Vous n'êtes pas bien bavard, dites donc… Il me faudra un acompte et vos papiers d'identité.

Il sort son portefeuille, le déplie, présente sa carte de police.

— Inspecteur Michel, brigade criminelle de Lyon. C'est pour le double homicide de la ferme de Peyrambert.

Elle en prend un coup derrière les oreilles, s'excuse.

— Vous auriez pu le dire de suite, au lieu de me faire maronner, inspecteur !

— Désolé. Je ne recommencerai plus.

Il lui sourit, range son maroquin, quitte casquette et lunettes et passe une main dans ses cheveux ébouriffés. Et c'est elle qui lui sourit maintenant. À l'école et à la maison, personne ne l'a jamais classé parmi les beaux. Il n'était pas assez mauvais élève. Il a pris du charme vers quarante ans. Désormais, il sait qu'il en a. Il suffit de regarder comme une friandise et de faire rire. Mais il n'est pas là pour ça. Il n'est d'ailleurs jamais plus nulle part pour ça. Il demande :

— Vous les connaissiez, les Delhomme ?

— Qui ça ?

— Le double homicide…

— Ah non, les pauvres !

L'inspecteur attend qu'elle complète, comme s'il jouait au bridge, misant sur ses envies de commérage.

— Ils n'étaient pas vraiment du coin. Et ils vivaient un peu comme des sauvages…

— Vous les connaissiez ?

Elle se renfrogne, rétorque :

— À ce qu'il paraît, monsieur ! Ça parle beaucoup depuis, vous pensez. Mais moi, j'avais jamais entendu parler de ces gens.

— Et la gamine ?

— Pareil. Jamais vue en ville. Et puis, elle a disparu, de toute manière… Vous venez suppléer les gendarmes ?

Elle ajoute :

— M'est avis qu'on la retrouvera pas. Elle doit être au fond d'un bois et raide morte.

Il la scrute encore. Les gens ont de la curiosité pour la mort, comme si, à l'improviste, Dieu se rappelait à leur bon souvenir. Souvent, ils aiment ça. Sa façon de décrire dans le détail, même d'imaginer la fillette morte, il déteste. Il pourrait la frapper. Du coup, il demande :

— Je peux entreposer mon vélo en lieu sûr ?

— Il y a le garage.

Elle farfouille dans un tiroir.

— Je vais vous donner un double.

— C'est surveillé ?

— C'est à cinquante mètres, il y a un portail fermé à clef.

— Je préfère monter le vélo dans ma chambre, dans ce cas.

Les sourcils de la femme se dressent, elle est prise de court, débite une débilité :

— Et pour votre véhicule ?

— Je n'en ai qu'un.

— Vous êtes venu de Lyon à vélo ?!

Il ne répond pas, attend.

— Vous êtes courageux, inspecteur... Chambre simple ?

— Je suis seul.

Elle décroche une clef sur le tableau derrière elle.

— Vous paierez à votre départ, c'est bon.

— Combien la nuit ?

Elle désigne une affichette. La chambre coûte 780 francs, ce n'est pas donné.

— Le service termine à 21 heures. Ne traînez pas.

— Le repas est compris ?

— Oui, c'est demi-pension.

Finalement, c'est convenable. Elle ajoute :

— Votre chambre est au deuxième, la salle d'eau est sur le palier.

L'inspecteur cale son vélo sur son épaule et l'hôtelière l'observe, apprivoisée. Puis elle secoue la tête et file dans la salle, où dînent trois hommes et un jeune couple autour d'une grande table. C'est comme chez soi et ça sent le petit salé aux lentilles. Un gros barbu sert du vin au pichet à tous. La fille de l'accueil débarrasse un saladier. Une grosse voix sort d'on ne sait où :

— Jacqueline !

La fille de l'accueil braille :

— J'arrive, j'arrive !

L'inspecteur parvient au deuxième étage, avance dans le couloir, ouvre la porte de la 14. La piaule est petite, avec un lit pas très large, une table. Elle est propre et il fait doux. Il repère un radiateur en fonte qui glougloute. Il cale son vélo contre le lavabo, range sa redingote dans la penderie ainsi que sa veste. Il déboutonne sa chemise et la pend au dossier de la chaise. Dans le miroir, il s'ausculte. Il a de larges épaules et de bons bras. Il y travaille. Il s'inflige cinquante pompes tous les matins. Il délace ses chaussures en toile, quitte ses chaussettes qui roulent en boule. Il éprouve les serviettes-éponges sur le dessus-de-lit. Elles sont rêches. Il les déteste quand elles sont neuves et qu'elles n'essuient pas. Puis il s'allonge sur le lit. C'est toujours le meilleur instant de la vie : les hommes sont nés pieds nus et, s'ils n'y avaient ni roi ni réclame, ils préféreraient l'horizontal. Il ferme les yeux et médite.

Ensuite, il se lave le visage et les aisselles au gant de toilette. Il frotte la cicatrice sur la face intérieure de son biceps gauche, sa brûlure au tison. La cicatrice ne s'effacera jamais, elle. Le savon de Marseille mousse autour de la bonde d'évacuation du lavabo, il trouve ça étrange. L'eau froide est froide. Il se rince, claque son thorax et son cou. Il s'essuie avec le drap de bain. À la fin, il se peigne, décapsule son pot de brillantine, replace ses cheveux à l'arrière. Comme il n'a que deux tenues, il devrait laver celle du jour. C'est encore une punition : deux tenues, la lessive chaque soir. Il pourrait devoir partir précipitamment. Il ouvre donc sa sacoche, déplie son pantalon et son autre chemise, trouve ses chaussettes, un marcel. Aujourd'hui, il ne changera pas de slip. Il farfouille encore dans la sacoche, sort une trousse en cuir. Il fait coulisser la fermeture Éclair.

Le rituel est millimétré. Toujours. L'inspecteur positionne la boîte métallique sur le lit, ôte le couvercle et secoue son briquet en aluminium pour faire monter l'essence puis flambe la mèche de la bougie. Ensuite, la chaîne dorée : il la pince entre son pouce et son index. Le médaillon ovale pendule, les arabesques forment un dédale invincible et mouvant. Il éteint la lumière et s'agenouille sur le plancher. Quand le pendentif est immobile, il fixe le portrait : la femme a les yeux coupables, des paupières mi-closes qui la rendent triste. Son nez n'est pas anguleux, ses narines s'ouvrent sur une petite bouche qui voudrait dire non mais qui dit oui. Les cheveux sont noirs, frisés, peignés sur le côté. Pour elle, il a prié deux mille deux cent cinquante-deux fois. C'est une certitude. Tout le temps, il compte. Il le lui doit. Après, il fait couler trois gouttes de cire sur le sol et fixe la bougie. Il passe la chaîne autour du cierge, la flamme brille sur les pommettes et le front. Et il ferme les yeux. C'est l'incendie, le feu. Ses nerfs chauffent, ses secrets fondent jusqu'à la déflagration.

De l'orange monte, tous ses soleils du soir. Maintenant, allez :

*Seigneur Jésus,*
*par cette prière je me rends à Toi.*
*J'ai confiance en Ta parole*
*et T'ouvre mon cœur en entier.*
*Tu connais mes péchés mieux que moi*
*et Tu es mon seul juge.*
*J'implore Ta miséricorde.*
*Ô Jésus, fils du Dieu vivant,*
*pardonne ma vie et mes erreurs,*
*et l'entière ignorance de Ta parole,*
*prends pitié de moi !*
*Viens à mon secours !*
*Absous mes péchés et*
*délivre-moi du vice et du mal.*
*Donne-moi la force,*
*sur la foi de mon baptême,*
*implorant la grâce accordée à Dieu en Ta personne,*
*par le pouvoir du Saint-Esprit.*
*Guide-moi dans cette nouvelle étape,*
*entre en moi, Jésus,*
*je Te reçois comme maître et seigneur.*
*Amen.*

## Ça lui remet le cœur à l'ouvrage

Le poste de gendarmerie est face à la gare, au sud de la ville. Il est tenu par dix hommes. Le capitaine Berthaud occupe le plus grand des trois bureaux. Un brigadier a accueilli l'inspecteur et l'a placé là. Depuis, il attend. L'ordonnancement du bureau est typique : parure en cuir, tampon-buvard, machine à écrire Remington Model 7, aucun objet personnel. Les dossiers sont au carré, suspendus dans un placard métallique, les aquarelles cloutées au niveau.

L'inspecteur, aujourd'hui, porte des gants.

Il est 9 h 32 quand l'officier pénètre dans la pièce. L'inspecteur se lève, se présente et retire son gant droit. Le capitaine Berthaud lui serre la main. Il est grand, mince, uniforme marine, cheveux poivre et sel taillés ras. Il a une quarantaine d'années. Il ne se présente pas, il pend son képi au portemanteau, place sa veste sur cintre, entrebâille la fenêtre. Il s'assoit derrière son bureau réglementaire. Il ouvre le tiroir central, charge une pipe et l'allume. Même sa façon de gratter l'allumette est rationnelle. Il crapote régulier, souffle la fumée en hauteur. Il se contente ensuite de l'essentiel :

— Vous n'êtes pas sur votre circonscription et je n'ai reçu aucune indication du substitut du procureur.

Manifestement, le capitaine est doué d'un charisme naturel, mais l'inspecteur s'est préparé. Il remet son gant, déplie une feuille et la fait glisser sur le plateau. C'est une lettre de mission de l'inspecteur Michel, brigade criminelle, estampillée par le procureur de la République de Lyon :

— Le parquet de Lyon n'a pas dû prévenir le vôtre. Je suis désolé. Mes missions sont ici circonscrites. J'ai besoin de quelques informations, tout au plus. C'est pour mon enquête, la vôtre reste la vôtre.

Le capitaine garde les yeux sur l'inspecteur, il ne lit pas le document, avale une taffe qu'il crache par le nez. Aux arômes, l'inspecteur dirait que le gendarme fume du Clan. C'est très odorant et ça sent bon. L'odeur le calme, car son rythme cardiaque est au plus haut.

— C'est au sujet des époux Delhomme.

L'inspecteur ne sait pas si c'est le bon moment mais poursuit :

— C'est un vieux dossier qui remonte à la guerre. J'ai sur les bras un margoulin lyonnais dénommé Le Borgne. Il fait dans les filles, rue Mercière. Nous n'arrivons pas à le faire tomber. Or, un informateur m'a dit que Le Borgne s'était compromis : il s'est fait passer pour FFI à la Libération alors qu'il était en affaires avec la Milice. Pendant la guerre, il aurait donné trois familles juives venues de Paris et réfugiées dans les montagnes. Et mon informateur m'indique tenir ça d'Henri Delhomme. Il n'y avait pourtant aucune trace dudit Henri Delhomme dans le Vercors. Bref, je vous épargne les détails. C'est un coup de chance que son nom me soit arrivé par le journal...

La tirade semble avoir touché la cible. Le capitaine tire sur sa pipe et demande :

— Quelle est votre requête ?

— Il me faudrait consulter votre dossier et je repartirai aussi vite que je suis venu.

Les doigts du capitaine pianotent sur son bureau. Tous les doigts de sa main gauche. Le mouvement est anarchique. L'inspecteur présage à ce moment qu'il va parvenir à ses fins. Berthaud demande :

— Vous croyez me donner un suspect ?

— Absolument pas ! Le Borgne était en audition au commissariat du 3e arrondissement le jour du crime. Et le mode opératoire ne correspond pas à un professionnel qui serait forcément venu armé. On sait que l'arme appartenait à Henri Delhomme…

— C'est exact.

Le capitaine Berthaud pourrait se taire pour l'éternité, alors, l'inspecteur relance :

— Je suis à la recherche d'un document, une lettre, un détail, je ne sais pas, qui incriminerait Le Borgne. Henri Delhomme a peut-être une preuve dans ses archives.

— Vous auriez pu exposer votre requête par téléphone.

— Je vous l'accorde. Mais je préfère le contact humain…

Le capitaine sort un cendrier de son tiroir central et y dépose son allumette calcinée. Il déglutit. L'inspecteur soutient le regard dur, dents serrées. Le capitaine hausse le ton :

— Vous vous déplacez en personne, sans doute car vous ne me faites pas confiance, et vous avez pénétré sur une scène de crime hors procédure ! Il n'y a pas meilleur moyen pour oblitérer votre avenir.

— J'aurais dû vous prévenir, mais je suis arrivé tard et la ferme était sur mon chemin.

Le capitaine n'a aucune réaction, ses yeux ne le lâchent pas.

— Je ne pensais pas à mal. C'est que Le Borgne me file entre les doigts depuis quatre ans. Ça me monte un peu à la tête, j'avoue.

— Surtout que se déplacer à vélo n'est pas le plus efficace.

L'inspecteur sourit, lèvres jointes. Puis il détourne subrepticement le regard et fait sauter ses mirettes dans celles du gendarme. Jamais plus d'un dixième de seconde. Il baisse enfin le menton, marquant la gêne.

— Ça rallonge le temps des enquêtes, oui… C'était de toute façon une mauvaise idée de venir. Je vais retourner sur Lyon et je reviendrai une fois la procédure établie par le procureur officialisée ici.

Berthaud se lève, inspire une longue bouffée de fumée, puis retire sa pipe de la bouche. Il hoche la tête et demande :

— Vous voulez un café ?

L'inspecteur sourit franchement cette fois.

— Ce n'est pas de refus !

— Vous êtes un sacré zigoto, inspecteur…

Berthaud se dirige alors vers une armoire, attrape un épais dossier et se poste face à l'inspecteur.

— Vous me plaisez bien, par ailleurs… Nonobstant, il n'y a rien qui vous intéresse là-dedans. Mais installez-vous dans la salle de réunion.

L'inspecteur se lève à son tour.

— Je suis à la recherche d'un détail.

— Alors, vous le trouverez peut-être dans la ferme du haut.

— Les bâtiments en ruine ?

— Oui. Les Delhomme ont deux fermes. Henri Delhomme avait installé sa famille dans celle que vous avez visitée et son bureau dans l'autre. Ça ne vous a pas semblé étrange, de ne trouver aucun document lors de votre fouille ?

— Si, vous pensez bien ! Mais l'autre ferme, c'est le bâtiment en bas de la colline de Divajeu ?

— Vous avez réalisé un bon repérage avant votre déplacement, on dirait…

Ils sortent du bureau. Le pas du gendarme est vif, cadencé à la militaire. L'inspecteur le poursuit dans le couloir, tout comme la conversation. Berthaud dit :

— Vous voulez que je vous y accompagne ?

Ils croisent un homme en civil qui leur jette un regard suspicieux.

— Je vous ai assez enquiquiné. J'irai faire un tour et je rentre à Lyon s'il n'est pas trop tard.

— Vous avez un vélo de compétition, dites donc ! Et vous ne ressemblez pas à ces gars de la criminelle qui débarquent avec leurs Borsalino au volant de voitures de truands.

— Je m'occupe de ma mère, elle est âgée et je ne peux pas la laisser trop seule.

Le gendarme ouvre la porte.

— C'est ici.

— C'est une très bonne cuisinière. On vient d'Alsace.

— Il y a un rapport de cause à effet ?

— Il y a de bonnes cuisinières et de mauvaises. Mais j'aime à dire que les bonnes y sont meilleures qu'ailleurs.

Le gendarme rit. Il tape sur l'épaule de l'inspecteur et le salue. L'inspecteur sort son carnet et un crayon à papier qu'il retaille avec son couteau. Il dépiaute durant deux heures. Tout est consigné, les pièces numérotées. Il s'attarde sur le rapport d'autopsie. Les époux Delhomme ont été assassinés le jeudi 1er mars en fin de matinée. Henri Delhomme a été tué par deux projectiles. Un dans la tête, l'autre dans le poitrail. Le légiste conclut que la tête a été visée en premier et que les plombs sont entrés à hauteur de l'oreille droite. La cage thoracique a été déchiquetée à bout portant. Henri Delhomme est décédé d'une hémorragie qui a provoqué un arrêt cardiaque. Il n'a fallu qu'un coup pour Louise Delhomme. À bout touchant et dans la bouche. Le cerveau de la femme est mort avant tout le reste.

L'inspecteur examine les photographies de l'identité judiciaire. L'homme dans la salle à manger. La femme sur le trottoir. Les projections sur les murs. Des coulures de sang. Il détourne le regard quand ses yeux remontent le corps de Louise Delhomme. Sa tête n'est plus une tête. Elle a explosé. Elle s'est laissé tuer. Elle a vu son heure venir et elle l'a acceptée.

L'inspecteur note l'adresse de la personne qui est venue reconnaître les corps sur son carnet : « Monique Rozier, née Delhomme le 4 novembre 1891 à Villard-de-Lans, résidant à Corrençon-en-V (38) ». Il cherche le PV de son interrogatoire, mais il n'existe pas.

Il se sert un autre café. Le goût est âpre et descend sa gorge avec ses milliers de morts. Il passe aux relevés d'empreintes digitales. Le capitaine Berthaud est un professionnel : celles d'Henri Delhomme ont été contrôlées dans sa chambre, celles de Louise Delhomme dans la cuisine, sur le poêle, sur le petit lit d'enfant. Une troisième série d'empreintes est présente à l'étage, en bas, partout. Ce sont les traces de la gosse.

Berthaud s'est concentré sur le salon, la terrasse, le fusil hammerless : les lieux et l'arme du crime. Une quatrième série apparaît sur la table du salon et la cheminée. Toutes sont partielles mais concordantes. Une seule est complète, vraisemblablement celle de l'assassin : elle est ensanglantée et a été prélevée sur la porte de la cuisine. Le gendarme nomme toujours ainsi : « assaillant », « tueur », « assassin », « meurtrier ».

L'inspecteur a froid. Ses paupières s'abaissent et sa langue gonfle au fond de sa gorge, l'arrière de ses yeux picote. Il voit de la neige qui part en poussière sur une forêt de pins noirs et entend les grognements d'un chien qui pourchasse une femme. Il inspire, souffle de l'air tiède et humide par le nez. Il ne pleure pas, il soupire. Sous la crosse du fusil, sur le canon au niveau des platines et de la bascule, il y a les empreintes d'Henri Delhomme et de la gosse. Aucune empreinte du tueur sur l'arme du crime. Comme si on avait procédé avec des gants puis laissé des empreintes volontairement. C'est incohérent.

La thèse du meurtre est la plus probable mais celle du carnage familial n'est pas exclue. Berthaud a écrit : « Le meurtre d'Henri Delhomme par sa femme, suivi d'un suicide, est possible. Imaginons que l'époux parte avec la fille, Juliette, en balade et qu'arrive un accident. L'épouse, prise de rage… » Louise Delhomme aurait pu tuer son mari, puis positionner le canon contre sa bouche ou l'introduire dedans, même, et enfin étendre le bras ou se servir d'un ustensile ou d'une branche. Elle aurait même pu se débarrasser de sa fille avant. Ça fait beaucoup de « même », de « et » et de « ou ». Parfois, il est vrai que les parents tuent. C'est pour ça que l'inspecteur n'a pas d'enfants.

Les gendarmes ont aussi recueilli les dépositions et les empreintes de Marc Escoffier et de sa femme Natacha, née le 31 juillet 1923 à Toropets, Russie. Leurs empreintes ne sont présentes que dans la cuisine. Elles ne correspondent pas à la quatrième série. Le garçon de ferme a bien un alibi : il travaillait sur une autre propriété. L'inspecteur lit les quatre pages de déposition. Comme Natacha a découvert les corps, les questions du capitaine Berthaud sont sans équivoque : il l'a soupçonnée. Puis il l'a innocentée.

Le capitaine a rédigé un rapport spécifique sur la recherche de la gosse : la battue a duré dix jours, à travers des lieux-dits, des ruines, des trous d'eau, des falaises, les rives de la Drôme. Les gendarmes et les chasseurs ont descendu la rivière jusqu'à Livron. Des témoins oculaires ont été interrogés. Juliette Delhomme s'est évaporée et personne ne l'a vue. L'inspecteur relit le rapport, puis relit encore. Il se répète les toponymes jusqu'à les savoir.

Puis il passe aux conclusions. Hypothèse privilégiée par l'enquêteur : les époux Delhomme ont été tués par un gars de passage ; la gamine a été emportée, sûrement pour des sévices sexuels ; elle est encore en vie ou elle est morte. Problème : il n'y a aucun suspect, aucune trace physique de la fille. Deux marginaux de la commune ont été interrogés, puis blanchis.

De toute façon, les conclusions n'ont pas d'importance. L'essentiel pour l'inspecteur, ce sont les papiers. Et la carte d'identité de Juliette est épinglée sur une feuille vierge. Il observe la photographie : la gamine a neuf, dix ans, elle a une frange, les yeux ronds, le nez rond, un air méchant qui s'agrippe à ses pommettes, la lèvre inférieure rentre légèrement. Tout colle, la date de naissance, le lieu de naissance. Sur le papier cartonné, il observe le tampon RÉPUBLIQUE FRANÇAISE qui s'étire entre deux arcs de cercle. La couleur est uniforme. Il cherche la faille. Il décèle un décalage entre les lettres imprimées sur la photo et celles imprimées sur le papier. Il réajuste la photo pour vérifier le *S* coupé en deux. La liaison est parfaite. Pourtant, en pinçant l'œillet qui maintient le portrait, il a la certitude que ces papiers sont faux. Probablement à cause du lieu de confection : la carte a été délivrée par la préfecture de Gironde. Les Delhomme sont du Vercors. Ils sont arrivés à Crest quand la gosse avait quatre ans. La Gironde, c'est douteux. Ces papiers ont été produits à Bordeaux, assurément, et l'identité est fausse.

L'inspecteur contrôle l'heure à sa montre. Il est 12 h 15. Il a beaucoup à faire. Il compose son plan de bataille : *la ferme du haut, Marc et sa Russe, la ferme du bas, un vêtement de la gosse, un lieu de disparition.* Il faut commencer par la Russe. Il a déjà amadoué le garçon de ferme. Il se lève, referme le dossier, le sangle.

Il perce une dernière fois le regard de la gamine sur la photographie sépia. Il longe la courbe de ses sourcils, l'arête saillante de son arcade. Elle est farouche, il en est sûr. Il sonde les cheveux mi-longs. Elle n'est pas brune mais châtaine. Tout de même, on voit qu'elle a les yeux noirs, méchants. Il connaît ces yeux. Il glisse la carte d'identité de Juliette – née Delhomme, un 31 juillet 1940 – dans la poche intérieure de sa veste. Il replace son carnet dans son sac à dos. Il n'y a finalement inscrit que deux choses : une adresse et un nom. Il sourit.

# Elle faisait tourner toutes les têtes

La Russe ressemble à une Russe. Elle rince le linge au lavoir derrière la bicoque que son mari a rafistolée. Elle a un fort accent, une voix grave, elle roule les *r*. L'accent russe est comme l'allemand : il suffit de lui ajouter de l'amour et du chagrin. L'inspecteur n'a jamais compris ce peuple, le seul à brûler sa terre et les maisons. Les Russes ne respectent pas les règles de la guerre et préféreront toujours l'enfer à la défaite. Ils ont fait pareil avec Napoléon. Néanmoins, il doit reconnaître qu'elle est magnifique avec sa longue jupe plissée et son tablier à la dentelle grisée par les travaux domestiques, et les cheveux roux et courts. Au bal, elle ferait tourner toutes les têtes. Et en plus, elle s'appelle Natacha.

Elle ne doit parler qu'avec son mari, mais elle est avenante : elle raconte volontiers la rencontre avec les Delhomme. Elle ne parle ni du marché ni des framboises. Elle connaît des mots érudits et les agence mal. Son phrasé est instable. Les Russes qu'il a connus étaient plus rudes, sauf une qui s'appelait Elena. L'inspecteur en déduit qu'elle vient de la classe bourgeoise, qu'elle est un parfait complément du garçon de ferme, fort et rustre. Natacha parle aussi spontanément de Juliette : Louise éduquait ses mœurs, son mari l'adorait. Natacha dit qu'ils ont perdu un fils au combat.

— Il faisait des balades avec sa fille ?

— Beaucoup !

— Ils avaient des coins fétiches ?

Comme elle fronce encore les sourcils, il complète :

— Des endroits où ils allaient souvent ?

— Oh oui !

— Où ça, par exemple ?

— Bois Divajeu, château.

Ce lieu est répertorié dans la liste établie par le capitaine Berthaud.

— Ailleurs ?

— Pourquoi vous demander ?

L'inspecteur marque un temps d'arrêt, gratte le glacis avec sa semelle.

— Écoutez, vous voulez que je retrouve Juliette ou pas ?

Natacha soutient son regard, reprend sa tâche, essore le linge. Il attend qu'elle parle. Elle dit :

— Des fois à forêt de Saoû.

— Les gendarmes ont fouillé la forêt et elle n'y est pas.

— Baigner dans Drôme. Ma'mites.

L'inspecteur se récite la liste du gendarme.

— Les Marmites à Saillans ?

— Oui. Et puis cascade aussi.

— Quelle cascade ?

— Blaches. Rivière là-bas. Lambres, cascade.

Il essaie de se dépatouiller avec le *r* qui roule. Il se répète les noms qu'il a appris par cœur. *Blaches*, *Lambres*. C'est enregistré dans sa tête : Les Blaches ne figurent pas dans le rapport de la gendarmerie, mais il les a repérées. Et ce n'est pas très loin d'ici, au sud, un lieu-dit.

L'inspecteur ouvre la sacoche de sa bicyclette, sort la carte Michelin Drôme, Vaucluse, la déplie. Il a tracé un cercle de vingt centimètres de diamètre au compas. La ferme des Delhomme est repérée d'une croix rouge, à Peyrambert. L'inspecteur voit Les Blaches, Les Lambres. Il voit une rivière, c'est indiqué « Ruisseau de Lambres ».

Natacha étend le drap en lin qui devient transparent dans le vent. L'inspecteur avance à un mètre d'elle, aimanté par la chute de reins. Il suit le mouvement des bras qui montent vers le soleil de printemps, aveuglé par la lueur. Ses paupières clignent avant que les cornées brûlent. Quand elle se tourne, ils sont trop proches et la chose passe. Pourtant, elle recule. Ou peut-être à cause de cela. C'est que la morale ne contrôle pas les instincts et qu'il faut bien faire avec. Il lève la carte par réflexe, comme s'il agitait un drapeau blanc sur le champ de bataille.

— Pouvez-vous me montrer la cascade ?

Natacha sourit en ouvrant les lèvres, les traits de son visage se détendent. L'inspecteur fige son attention sur son incisive inférieure qui dévie. C'est une mauvaise idée. Ça naît dans les cicatrices, les nez tordus et la cellulite aux fesses, dans les trahisons de la nature à la rationalité des hommes. Il fait un pas chassé et se place à ses côtés. Leurs hanches se frôlent. L'inspecteur ne peut pas faire autrement : il a une érection. Il n'a pas fait l'amour depuis plus de six ans.

Le doigt de Natacha longe le cours d'eau. L'inspecteur s'arrête. Natacha indexe un point sur la carte routière.

— Là.

Elle lève la tête, comme si elle pressentait le danger. Elle regarde loin. L'inspecteur la renifle. Il invente une saveur de patchouli et de vanille alors qu'elle pue la sueur et la lessive. Le temps qu'il comprenne, Natacha contourne déjà la maison. L'inspecteur entend le claquement des sabots qui frappent la terre au bout du chemin. Marc Escoffier remonte. Elle a vu son garçon de ferme et elle est partie.

La carriole s'arrête. Marc Escoffier descend puis donne une tape à son cheval. Il hoche la tête et l'inspecteur lui rend son salut. L'inspecteur n'a d'yeux que pour le sac sur le siège : un genre de sac à patates. Pourtant, les fibres qui s'effilent à un coin sont imbibées de sang. Marc Escoffier évite de croiser le regard de l'inspecteur et attrape le sac puis le bascule sur son épaule. L'inspecteur inspecte : à travers les fils de jute distendus, la chair rose, le gras. Marc Escoffier pénètre dans la maison. L'inspecteur demeure sous le porche. Il entend par la porte entrouverte : le choc du sac sur une table.

Marc Escoffier ressort, l'inspecteur repère les taches rouges sur sa chemise. Il détaille le garçon de ferme, ses yeux insistent sur les poignets. Il y a beaucoup de sang, encore frais. Marc Escoffier hausse les épaules.

— L'a bien fallu les tuer, sinon…

— Tuer quoi ?

— Les chevreaux… Je les ai dépecés là-haut et j'en ai rapporté un.

L'inspecteur se mord l'intérieur des joues. Évidemment, que le garçon de ferme ne traverse pas la ville pour rapporter les morceaux d'une fillette démembrée. L'inspecteur se dirige jusqu'à son vélo pour replacer la carte dans sa sacoche. Escoffier en profite pour s'échapper vers sa femme. Ils chuchotent. Le garçon de ferme doit demander si l'inspecteur ne l'a pas embêtée. Dans tous les cas, Natacha répond :

— *Niet.*

Marc Escoffier l'enlace et lui pose un baiser dans le cou. Natacha se défait de l'étreinte, le repousse. Elle désigne le policier de la tête, qui demande, gêné :

— Vous le mangez comment ?

— On commence par la tête, ail et persil. Nata la fait mieux que personne.

— Avec une pointe de vinaigre ?

— C'est ça. Elle fait rôtir puis elle déglace.

— Et les deux autres, vous allez les vendre ?

— Oui. Mais celui-là est pour nous. Henri aurait voulu qu'on fasse comme ça. On fait rien de mal, vous savez.

Natacha passe entre eux comme s'ils n'existaient pas et part avec sa grosse panière remplie de linge. Comme ils sont là depuis trois secondes à se regarder, Marc Escoffier demande :

— Je vous paie un coup ?

Dans la cuisine, ils s'assoient de part et d'autre de la table. Une gamelle est entreposée sur le poêle qui chauffe. C'est humide ici et ça sent la pomme de terre et l'oignon. Natacha soulève le couvercle, met un tour de cuillère en bois. Le sac est sur la table, entre eux. L'inspecteur imaginait la bête plus grosse. Le garçon de ferme ne sert pas deux verres mais trois. La Russe s'enfile le sien cul sec et elle sort. L'inspecteur l'observe par la fenêtre. Marc Escoffier fait la même chose. Il doit l'admirer du matin au soir. L'inspecteur humecte ses lèvres et avale une lampée qui lui cuit les gencives. Ça lui coupe l'envie de mater la Russe qui accroche une chemise. Le garçon de ferme annonce :

— Ça sort à quatre-vingts.

L'inspecteur feint la virilité. Il aimerait se racler la gorge, s'abstient. Il est en apnée quand il questionne :

— Mirabelle ?

— C'est les prunes de chez Henri. Y a de la sauvage, aussi. Ça a bien pris le soleil. Cette année, ça sera une autre affaire…

Marc Escoffier sirote son verre en deux temps. Il s'essuie la bouche d'un revers de main, se lève et extrait la bête du sac. Il sort la planche épaisse qui lui sert de billot, dépend un couperet. Il positionne le chevreau et son bras s'élève. Quand il abat, le cadavre est décapité.

— Vous allez la retrouver, la gamine ?

— Il me faudrait une piste. Elle est peut-être morte.

Le garçon de ferme ouvre un tiroir, sort un petit couteau de boucher effilé, s'attaque à l'articulation de l'épaule. Comme il n'est pas satisfait du résultat, il dégote une pierre à fusil et commence l'aiguisage. Les gestes sont sûrs, le *schlic-schlac* bat la mesure.

— Sinon, il me faudrait une piste…

L'inspecteur ajoute :

— Je peux vous appeler Marc ?

— Bien sûr. Et vous, comment vous vous appelez déjà ?

— Inspecteur Michel.

Marc sourit. Et l'inspecteur reprend :

— Personne n'est venu rendre visite aux Delhomme, récemment ?

Marc démantibule une patte antérieure en un rien de temps.

— Ils recevaient personne. Je vous l'ai déjà expliqué.

— Ils n'ont jamais reçu la moindre visite durant toutes ces années ?

L'autre se fige. Le couperet pend le long de sa cuisse.

— Une seule depuis cinq ans qu'on les connaît, c'est jamais pour ainsi dire !

Sur le coup, l'inspecteur reboirait bien un verre de vitriol avant de l'égorger.

— Comment ça, une visite ?!

— Mais c'était sa sœur, alors…

— Sa sœur ?! Mais la sœur de qui ?

— D'Henri, pardi. Elle est venue qu'une fois en plus, et ça s'est mal passé. Du coup, elle a plus jamais remis les pieds ici.

Marc va pour débiter le chevreau en tronçons. L'inspecteur se lève et hurle, sans contrôler :

— Stop !

Le coup dévie. La lame ripe entre deux côtes. Le couperet se plante dans le bois.

— Ça va pas, de crier pendant la découpe ?

— Concentrez-vous, Marc, nom de Dieu ! C'est important. À quand remonte cette visite ?

— La sœur ? Je dirais fin du printemps, début de l'été 1949.

— Vous êtes sûr de vous ?

Il se gratte la tête, même dans un film muet, on n'y croirait pas.

— On était dans le champ, on ramassait les cerises avec Nata. Y a rien de plus sûr que ça. Début juin 1949, il y a deux ans.

— Et elle ressemblait à quoi, cette dame ?

— Jolie, la trentaine, un peu plus peut-être. Elle était habillée en citadine avec talons et tout. Vous l'auriez vue dans l'herbe… C'est que c'est argileux, par ici.

L'inspecteur se contient. Il sait que l'âge ne correspond pas. Henri Delhomme avait soixante-douze ans. Il peut difficilement avoir une sœur de quarante ans. L'inspecteur demande :

— Vous pourriez la décrire ?

— On l'a vue à trois mètres. Elle a réclamé après Henri. Je m'en souviens comme si c'était hier, je suis pas descendu de l'escabeau. Brune, les yeux clairs, avec une veste rayée. Noire ou bleu foncé, la veste.

S'il avait son médaillon, l'inspecteur l'embrasserait. Mais il est dehors, dans la sacoche de son vélo. Il avale son verre. La prune lui brûle l'œsophage, elle sèche sa salive. Il pince sa langue entre ses dents pour en fabriquer de nouveau. Il déglutit.

— Et sa sœur, elle a vu Henri Delhomme ?

— Non.

— Comment ça, non ?

— Elle a pas eu le temps. Henri était en balade avec Juliette. Et la femme est restée une heure, pas plus.

— Et elle est repartie sans le voir ?

— C'est la Louise, elle l'a reconduite. Et au fusil ! Même qu'elle a tiré en l'air ! C'est qu'elle est pas commode, quand elle est pas contente. Je l'avais jamais vue dans une telle furie.

— Et vous avez raconté ça aux gendarmes ?!

— Ben non, ils m'ont rien demandé ! De toute manière, tout ce qu'ils voulaient, c'était chercher des poux à Nata.

L'inspecteur tend le bras et saisit la bouteille. Il la débouchonne et avale cinq centilitres.

— Et la sœur Delhomme, elle n'est jamais revenue ?

— Elle a hurlé : « Je reviendrai ! je reviendrai ! » Elle gueulait comme un veau ! C'est ça qu'on a entendu d'où on était.

— Elle n'a rien dit d'autre ?

— Si, dans le chemin. Elle a dit : « Salope, salope ! » C'est là que la Louise a tiré un coup de semonce.

L'inspecteur repose la bouteille sur la table.

— Écoutez-moi bien, Marc.

Marc relève la tête, il le fixe.

— N'en parlez à personne. D'accord ? Je compte sur vous.

— Mais j'ai aucune raison de le faire. Ça me retomberait d'une façon ou d'une autre sur la gueule. Plus tard, Henri m'a expliqué que sa sœur en avait après leur argent et qu'elle était folle. Pourtant, la frangine, elle en avait plus sur le dos qu'eux ! C'est pas important, si ?

— Vous gardez tout ça pour vous. Je vais retrouver Juliette, vous avez ma parole.

Marc dodeline de la tête. Il a l'air d'un garçon boucher qui rêve de lendemains heureux. Il saisit le manche du couperet.

— Sauf si elle est morte.

L'inspecteur essaie de se calmer. Il dit :

— Sauf si elle est morte… Une dernière chose… La ferme du haut…

Marc baisse la tête. Il essuie sa lame sur la jambe de son pantalon.

— Il y a quoi dans cette ferme ?

— On peut plus y aller depuis qu'Henri a fait des travaux pour y aménager son bureau, écrire ses poèmes et il y a mis aussi son atelier pour fabriquer ses étagères. C'est interdit d'y monter.

— Comment ça, c'est interdit ?

— Henri a apporté ses livres à la ferme du haut et il m'a dit que plus personne ne pouvait y mettre les pieds. Ça tombe bien, on n'y va jamais, à la ruine.

— Il faisait classe à la gosse là-bas ?

— Vous pensez ! C'est interdit. Même à Juliette. C'est trop dangereux, un jour tout va s'écrouler.

— Et vous n'y êtes jamais allés ?

Marc abandonne le hachoir sur la table, le place entre les deux bouts d'animal. Il ferme les yeux et se signe. Puis il les rouvre.

— On a qu'une parole, nous autres, inspecteur, encore plus si on l'a donnée à un mort.

## Quand soudain une ombre rouge

Le corps de ferme est composé de deux bâtiments qui s'enfoncent au centre d'un terrain de trois mille mètres carrés. La pluie, le soleil et le vent ont mangé les façades. Pêle-mêle, des pierres sont par terre et de la boue a coulé des murs pour former trois monticules brunâtres qui ressemblent à des fourmilières. L'une des charpentes est effondrée. La parcelle est en jachère depuis longtemps, abandonnée aux herbes folles qui montent à un mètre. Tout autour, des arbres, des haies, des buissons. Le chemin d'accès n'existe plus.

L'inspecteur termine la fouille du premier bâtiment, celui dans le meilleur état. Henri Delhomme y a établi un bureau à l'étage et un atelier au rez-de-chaussée. L'inspecteur a trouvé des livres. Il a trouvé des matériaux de construction et des outils : sceaux, truelles, ciment, chevrons, un établi et des planches aussi. L'inspecteur a lu une centaine de poèmes érotiques, tous plus croquignolets les uns que les autres. Il a dégoté la photo d'un grand type arborant un Mas 38 et un brassard FFI dans une malle. Il a découvert le livret de la famille Delhomme, caché sous une latte. Trois personnes y étaient référencées :

« Delhomme, Henri, né le 8 novembre 1878 à Lans-en-Vercors (Isère), fils de Henri Delhomme et de Fernande, née Guyot ;

Delhomme, Louise, née Blache le 4 septembre 1893 à Die (Drôme), fille de Paul Blache et de Joséphine, née Revol ;

Delhomme, Jean, né le 28 février 1918 à Villard-de-Lans (Isère), fils d'Henri Delhomme et de Louise Delhomme, née Blache. »

Henri Delhomme avait bien soixante-douze ans et Louise Delhomme cinquante-huit le jour de leur décès. L'histoire du fils tué au combat est crédible. Pour le reste…

Pas de trace de la gosse. Et en plus : on ne décide pas de faire un enfant à soixante ans, encore moins à quarante-sept lorsqu'on est une femme. C'est une éventualité et il y a l'excuse de la perte, mais c'est ici un mensonge : le fils est décédé au combat en avril 1944. Et Juliette a près de onze ans. Elle était donc née bien avant sa mort.

En fouillant davantage, l'inspecteur trouve seulement un acte de baptême de la paroisse de La Croix de Valchevrière, diocèse de Grenoble :

« L'an de Notre-Seigneur mil neuf cent quarante-cinq, au mois de décembre, je soussigné Henri Georges Galland, prêtre de Lans-en-Vercors, ai baptisé une enfant née à Villard-de-Lans le 31 juillet 1940, fille de Henri Delhomme et de Louise Blache, épouse Delhomme, mariés en face de N.-S. mère l'Église, le 8 juin 1912 et demeurant à Villard-de-Lans, laquelle enfant a reçu le nom de Juliette Delhomme. »

Les lignes consacrées au parrain et à la marraine ne sont pas remplies. En tout état de cause, plus les mensonges sont gros, plus les gens y croient. Les papiers d'identité de Juliette Delhomme sont nécessairement faux et on ne baptise pas une enfant à cinq ans, sans parrain ni marraine. Les époux Delhomme n'ont pas eu de fille. Et il manque peu à l'inspecteur pour qu'il soit sûr que c'est *elle*.

L'inspecteur sort. Il fait sombre. Les oiseaux ne gazouillent pas comme à l'aube. C'est trop tôt dans la saison pour que les criquets carillonnent. Seul le craquement des brindilles témoigne qu'ailleurs c'est le silence. Il scrute sa bicyclette parquée contre un muret de pierres sèches. Son sac est sur son dos : il est plus lourd que d'habitude à cause des pièces d'or et du lingot. Il boit, l'eau fait couler le goût de poussière.

Il examine ensuite le second bâtiment. On voit qu'il y a eu deux étages, les murs s'affaissent et le toit plonge à l'intérieur, ses tuiles plus orange encore à cause du soleil couché. Selon toute probabilité, il n'y trouvera rien. Et il a faim, il n'a rien ingéré depuis le petit déjeuner, à part la gniole de Marc Escoffier. Il devrait rentrer à l'hôtel.

En contournant le bâtiment, il constate que toutes les ouvertures sont bouchées par des briques. Derrière, un méli-mélo de planches sous la façade. Une ombre rouge l'attire. Il avance, saute les planches qui encombrent le passage. La porte est entrouverte.

L'inspecteur sait qu'il a perdu le contrôle mais ne sait pas quand. À la gendarmerie, chez Marc Escoffier et sa Russe. En tout cas quelque part. Surtout, il se trompe peut-être encore. Sans doute qu'il invente tout.

Qu'il agence les éléments dans son sens. Tout le monde fait ça. Chacun construit sa vérité. Le nom de Juliette Delhomme n'est pas sur le livret de famille parce qu'elle est née en temps de guerre. Elle n'est pas celle qu'il cherche. Elle n'est pas la fille. Ses fantasmes le font vivre. Ça dure depuis trop longtemps. Un jour, il faudra qu'il arrête. Qu'il parte loin ou qu'il se terre. Pourtant, il allume sa lampe torche et éclaire la serrure. La serrure est neuve. La porte aussi, en parfait état, et récente. Il bloque sa respiration, compte : trois, deux, un… C'est le signal de la course quand il était enfant, maigre, aux longues jambes. Ses parents le voyaient athlète. Il n'a jamais gagné, il est resté perdant. Il les a déçus, il est rentré dans le rang. Puis il est monté dans la société, il a eu le pouvoir et il a encore perdu. Il s'est déçu lui-même. Il n'y a pas pire défaite. Alors, il pousse. Il pousse si fort que la poignée lui échappe ainsi que la lampe torche. La lumière se dirige au plafond et la pièce est dans le noir. L'inspecteur examine la poutre centrale. Ses chaussures heurtent des objets, du bois, des cailloux, du verre pilé. Son rythme cardiaque accélère. Sa jambe droite s'enfonce dans le sol et il chute. Il jurerait qu'un clou lui traverse le tibia. Il retient un hurlement, comme si le cri venait du dehors pour l'avertir. Le moment dure. Une seconde plus dense, quand les astres reprennent le commandement à ceux qui l'ont volé. Elle dure. Alors, l'inspecteur force et il parvient à s'extraire. Il roule sur le côté et se met à genoux. Puis il marche à quatre pattes et tâtonne. Quand il atteint la lampe, il s'assoit et éclaire sa blessure. Le pantalon n'est pas déchiré. Cependant, il frotte et le tissu arrache la peau. L'inspecteur inspire. Il voit le visage de femme. Il voudrait prier. Mais il ne prie pas. Il se remet sur pied. Du sang coule le long de son tibia, la plaie brûle.

Autour de lui, tout est effondré, des vieux meubles sont entassés vers une carcasse métallique, des débris de terre cuite parsèment le sol. Il relève la tête et distingue un trou près de lui, les lames de plancher éventrées.

Ses rêves forgés en cauchemars.

Il avance et tombe sur une seconde porte. Il entre. Ça sent la pisse et le feu froid. Il voit une assiette brisée, un broc, une fourchette. Il ferme les yeux, il tente de réguler sa respiration. Ses paupières s'ouvrent. La pièce est capitonnée. Un objet pointu semble avoir gratté les parois. Des bougies ont été brûlées ici. Des dessins apparaissent sur les murs à mesure que la lampe torche les parcourt : des têtes rondes, des tiges filetées, deux chaînes qui se terminent en entrave, reliées à un boulet de forçat. Six orifices creusés à la fourchette.

Ses poumons manquent d'air et il inspire. Il y a un savon, une bassine, un pot de chambre. Il est dans un cube capitonné qui mesure trois mètres de côté. Et il veut partir. C'est alors qu'il discerne les inscriptions sur la paroi. Il éclaire : une bouche d'aération, une grille, des bâtons.

Ce ne sont pas des bâtons. C'est rectiligne, ordonné. Ce sont des lettres. Des colonnes. Le faisceau s'élève puis retombe. Et il lit de haut en bas :

E E E E E E E E E E E E E E E E E E E E E E E E E E E E

Des colonnes de sept lettres. La deuxième colonne :

L L L L L L L L L L L L L L L L L L L L L L L L L L L L

La troisième :

S S S S S S S S S S S S S S S S S S S S S S S S S S S S S S

Ce ne sont pas des lettres. C'est un mot, qu'il lit de gauche à droite, il déchiffre, c'est un prénom. *Elsa*. Par blocs de sept :

ELSA ELSA ELSA ELSA ELSA ELSA ELSA
ELSA ELSA ELSA ELSA ELSA ELSA ELSA
ELSA ELSA ELSA ELSA ELSA ELSA ELSA
ELSA ELSA ELSA ELSA ELSA ELSA ELSA
ELSA ELSA ELSA ELSA ELSA ELSA ELSA
ELSA ELSA ELSA ELSA ELSA ELSA ELSA
ELSA ELSA ELSA ELSA ELSA ELSA ELSA
ELSA ELSA ELSA ELSA ELSA ELSA ELSA
ELSA ELSA ELSA ELSA ELSA ELSA ELSA
ELSA ELSA ELSA ELSA ELSA ELSA ELSA
ELSA ELSA ELSA ELSA ELSA ELSA ELSA
ELSA ELSA ELSA

La sueur glisse, brûle. Il cligne des yeux. Il s'essuie. Il compte les blocs. Il s'aide de la main. Quatre-vingts.

Ce sont des jours, des semaines.

C'est la fille. C'est elle. Juliette s'appelle *Elsa.*

Ce sont ses rêves forgés en cauchemars.

Et alors il entend le garçon de ferme : le temps des cerises, juin 1949, la femme venait de la ville. Elle a dit : « Je reviendrai. » Et elle a dit : « Salope. »

L'inspecteur lit à haute voix : « Elsa, Elsa, Elsa, Elsa… »

Et à la fin, il crie.

Et il sait. Il est dans un cachot. C'est le prénom de la fille et il est dans un cachot.

# RACHEL

## Les oiseaux sont mes confidents

L'inspecteur ne mange pas. Il prie, il prie et il prie encore. La flamme frétille. La bougie fond et le visage de la femme dans le médaillon disparaît. Il s'effondre, il sue. Il dort ou il rêve. Au milieu de la nuit, il sort sur le palier et va à la douche. Il se lave à l'eau glaciale. Il reste sous le jet jusqu'à trembler. Il retourne à sa chambre. Il s'adosse au radiateur. Il caresse la cicatrice de son biceps avec son pouce. Il voudrait nettoyer ses vêtements. Mais il pleure et il prie.

Il se réveille à l'aube. Il est nu, sur le dos, la tête calée contre la fonte qui chauffe. Le sang a coulé sur son tibia, une goutte a glissé entre ses poils, coagulé et séché. Il sue encore. Il a mal aux reins et s'aide du lit pour se redresser.

Il cherche et trouve le tube bleu-blanc-rouge de Pervitin[1] dans sa sacoche. Il n'en prend qu'en dernier recours et, la dernière fois, c'était il y a longtemps. Il rompt un cachet en deux. Il boit une gorgée d'eau au robinet pour avaler. Ensuite, il urine dans le lavabo. Comme les hommes ont ce privilège, c'est sa façon

1. Méthamphétamines.

d'en redevenir un. Il s'allonge sur le lit et attend. Il se pelotonne sous la couverture. Il voit des déserts, des soleils, des feux. Il a trop chaud.

Une demi-heure plus tard, l'inspecteur est debout, habillé, sa plaie est lavée et bandée, et il descend dans la salle pour petit-déjeuner. La fille de l'accueil a été remplacée par un jeune qui lui apporte du pain, de la confiture et du café noir. Il s'empiffre, racle la coupelle de gelée de cassis à la cuillère. Il demande une seconde rasade de noir pour se rincer les dents. Le jeune lui en proposera une troisième tasse, que l'inspecteur déclinera. Il lui faut se rendre chez Marc Escoffier et la Russe pour accomplir sa besogne, mais la moitié du comprimé de méthamphétamines ne suffit pas. Il aurait dû le prendre en entier pour être tout-puissant.

L'inspecteur sort. L'air est doux ce matin, il fait 17 °C. Il enfourche sa bicyclette, remonte la rivière par la rive droite, sur la route d'Aouste-sur-Sye. Il n'a aucune idée de l'endroit où il va. Il parcourt pourtant cinq kilomètres. Arrivé au village, il traverse le pont. *A priori*, il va redescendre la vallée par la rive gauche. La meilleure solution serait de ne plus s'arrêter de rouler. Il s'engage donc sur un sentier, ne regarde pas en contrebas, là où l'eau est aujourd'hui kaki et calme. Au bout d'un kilomètre, il sort du bois par une large prairie où les chevaux sont enfermés par cinq, séparés les uns des autres par des fils de fer. L'inspecteur arrive au Champ-de-Mars. Il y a toujours la caserne, le monument aux morts, les drapeaux. Aucun véhicule, aucun passant. Il descend encore cinq cents mètres et planque son vélo dans un bosquet à proximité de la Drôme. Il y récupère les objets précieux et les place dans son sac à dos : or, médaillon.

Il part à pied longer les berges. Ça dure une bonne heure : rien à trouver ici, les gendarmes ont fait le travail. Il se tord une cheville entre deux galets puis bondit dans le lit de la rivière. À un moment, ça pue. Ce sont les tanneries de la Drôme, un long bâtiment, des bruits d'automates. Il passe par-dessus un gros tuyau en béton qui rejette de la viande et de la chimie. Il court. C'est une débilité, mais ça anesthésie la douleur de son tibia. Le courant est plus fort qu'il n'y paraît. L'eau lui monte aux genoux, aux cuisses. Plusieurs fois, il trébuche, glisse. Quand il est suffisamment essoufflé et que son cerveau manque de sucre, il avale la seconde moitié de son cachet de Pervitin et fait demi-tour. La végétation devient floue, les galets blancs grisent et forment un décor informe. Ici, tout se mélange, comme au front. Et bientôt les claquements de l'eau se mêlent aux feuillages nacrés, les remous du torrent sont mariés au ciel transparent. Au bout de quinze minutes, il décapsule son tube de méthamphétamines et absorbe un autre comprimé. Cette fois, il ne le coupe pas, il l'ingère entier. Ensuite, il marche, puis il se met à courir dans l'eau. C'est un soldat d'élite, il enjambe les obstacles.

Lorsque l'inspecteur sort du lit de la rivière et remonte sur la berge, la route l'attend en surplomb. Il ne calcule plus, il sprinte. Le goudron est une piste olympique. Ses jambes mangent les mètres jusqu'à apercevoir le pont de Crest. Sa bicyclette est par là, il est en transe. Son cœur cogne sa poitrine à cent cinquante pulsations par minute. Il sue tellement qu'il va se rincer le front à l'eau. C'est en relevant la tête qu'il aperçoit quelque chose sur la rive opposée, qui se détache du paysage comme dans ces tableaux infâmes de Kirchner[1]. La silhouette s'extrait de l'arrière-plan, allégorie de la liberté contre la matière. Elle est difforme mais nette. La silhouette le fixe et lui fait signe. C'est peut-être un fantôme. Il attend. Il ne délire pas, un type lui demande de venir. Il traverse la rivière, sac par-dessus tête. Au milieu du guet, l'eau lui monte jusqu'au nombril. Plus il approche, plus ça devient un garçon. Même que le garçon se dandine et se déhanche. Il a une vingtaine d'années, pas plus. Cette fois, l'inspecteur est trempé jusqu'à l'os. Finalement, c'est sa guerre.

Pendant qu'il sort de l'eau, le garçon disparaît derrière un bosquet. L'inspecteur hésite, puis il passe ledit bosquet et voit le garçon adossé à un frêne. Il se poste à trois mètres, prêt à dégainer. Le garçon lui jette un regard de bonbon au caramel. Sa voix est aiguë et typée femme.

— Tu t'étais trompé de chemin, beau brun ?

Les pouces glissés dans les poches, les bras mous et le menton près du sternum, et puis ces yeux et le sourire lascif, tout est une invitation. Le garçon allume une cigarette. Ça doit être la respiration de la danse nuptiale.

— Tu veux que je te réchauffe, mon chou ?

L'inspecteur approche, des pas amples et sûrs. Dans l'absolu, il est trempé et ridicule. Il lui retire la cigarette d'entre les lèvres et la jette.

— Tu ne devrais pas me parler comme ça. Je suis l'inspecteur Michel, brigade criminelle de Lyon…

Le garçon veut déguerpir, mais l'inspecteur l'a déjà attrapé à l'encolure de son pull-over. Il revient à lui

1. Ernst Ludwig Kirchner (1880-1938) : peintre expressionniste.

comme un élastique. Son poing glisse jusqu'à son épaule et son avant-bras pèse sur sa poitrine, sous sa gorge. Il le colle contre le tronc.

— Reste tranquille, petit.

Le garçon se débat, puis ses muscles lâchent. Il s'affaisse. L'inspecteur l'accompagne jusqu'au sol. Une fois assis, le garçon se prend la tête entre les mains et se met à pleurer. L'inspecteur connaît. Dans ces situations, certains pensent qu'il vaut mieux inspirer la pitié que l'envie.

— C'est le coin où on tapine, ici ?

Le garçon hoche la tête sans s'arrêter.

— Bon… Calme-toi. Tu n'as rien à craindre.

L'inspecteur s'accroupit. Il récupère la cigarette entre deux galets et la replace entre ses lèvres.

— Il y a beaucoup de clients ?

Le garçon aspire une longue taffe et la souffle sur le côté. Il s'essuie le nez sur sa manche.

— Je suis là pour le double homicide. Calme-toi, je te dis.

Ça ne le calme pas du tout : il a un mouvement de recul et replie sa jambe droite pour détaler. Il est à quatre pattes quand l'inspecteur lui décroche un coup de pied dans l'estomac qui le retourne. Après, l'inspecteur le braque avec son semi-automatique.

— Je te dis que je ne suis pas là pour toi ! Bouge plus, maintenant.

Le garçon se protège des futures balles avec les mains, comme une biche clignerait des paupières avant de percuter un pare-chocs. Il débite :

— Ils m'ont déjà interrogé, ils m'ont déjà interrogé, ils m'ont déjà interrogé !

— Les gendarmes ?

L'inspecteur se remémore les noms des marginaux cuisinés par le capitaine Berthaud.

— Comment tu t'appelles ?

— Jacques Barnier.

C'est ça, *Barnier.* Jacques Barnier est l'un des noms du dossier de la gendarmerie que l'inspecteur a épluché la veille. L'inspecteur a enregistré les toponymes, les noms, tout. Il a même noté une adresse dans son calepin, une adresse dans le Vercors.

— Tu n'as rien à te reprocher, Jacques ?

Le garçon ne cille pas, sa respiration s'apaise.

— Je vais ranger mon arme. Tu n'as rien à craindre, sauf si tu décampes. Et ça se passerait très mal pour toi, donc tu vas être sage. Lève-toi.

L'inspecteur procède par gestes lents. Il aide le garçon à se relever. Il époussette même ses épaules. Le garçon se concentre sur le bout de ses pieds et répond aux questions dans la barbe qu'il n'a pas.

— Tu es souvent par ici ?

— Oui.

— Tous les jours ?

— Le vendredi et le lundi, et puis le week-end. C'est les bons jours. Des fois le jeudi.

— Tu étais là le jeudi 1er mars et ça te chagrine ?

Jacques redresse la tête, ne semble pas comprendre.

— Le jour où les Delhomme ont été assassinés.

— J'ai rien fait, je jure.

— Est-ce que j'ai dit que tu avais fait quelque chose ?

Jacques hausse les épaules et prend encore une taffe de tabac, il fixe l'inspecteur cette fois, qui connaît par cœur le dossier :

— C'est ta sœur qui a témoigné, elle a dit que tu étais chez elle, à Grâne.

— J'étais chez elle.

— C'est un alibi stupide, mon gars. Ne fais pas ton malin avec moi. La ferme de Peyrambert est sur la route de Grâne. Il aurait mieux valu que tu sois ici et que tu donnes le nom de tes clients ce jour-là.

— Je peux pas, ils ont une vie et je suis réglo. Y en a qui sont mariés. Je suis pas une donneuse.

— Donc tu étais là, on est bien d'accord.

— Mais…

L'inspecteur le coupe :

— Je ne dirai rien aux gendarmes. Tu étais là, oui ou non ?

L'autre hésite. Il lâche :

— Oui, mais rien que le soir ! Le matin, j'étais vraiment chez ma sœur.

— Tu as eu des clients ?

— Que deux.

— C'est tout ?

Le garçon se mord l'intérieur des lèvres, jette un œil sur sa gauche.

— Je t'ai dit d'être gentil. Ça va bien se passer. Éteins cette cigarette et tiens-toi tranquille.

Le garçon exécute. Il lance le mégot et l'écrase avec son talon.

— Tu as vu la gamine, n'est-ce pas ?

L'autre sourit encore, c'est un tic. Un murmure s'échappe de sa bouche, puis il se frotte les mains pour détourner l'attention de l'inspecteur qui est fixée dans ses yeux. C'est que ce dernier sait comment faire croire qu'il est dans le cerveau des autres et que c'est toujours gênant, même pour lui.

— Tu l'as vue ou pas ?

— Non, non, je vous jure.

L'inspecteur lui met une manchette sur le trapèze. Le garçon s'effondre.

— Me force pas à te frapper encore. Tu l'as vue, oui ou non ?

Le garçon est le cul par terre. Ses yeux lancent une supplique, comme s'il venait de perdre sa mère.

— Tu me dis la vérité et je te fiche la paix. Ça restera entre nous, d'accord ? Si ce n'était pas le cas, je t'aurais déjà embarqué. Dis-le : tu l'as vue ?

Jacques bégaie, le débit est saccadé et rapide, il chouine :

— Il faisait presque nuit, elle descendait la rivière, elle est partie. Je sais pas où elle est, je lui ai rien fait, je vous jure. J'aime pas les filles, j'aime que les garçons !

L'inspecteur distribue son silence avant le bouquet final. Il demande enfin :

— Elle n'était pas seule, pas vrai ?

Les paupières du garçon s'écarquillent, sa voix monte haut :

— Comment vous savez ?

L'inspecteur retire le sac de son dos. Il défait le rabat, extrait sa boîte métallique. Il ôte le couvercle, sort le médaillon qu'il garde fermé dans sa main.

— Elle était avec une femme ?

— Ben, elles sont passées juste là.

Le garçon montre avec son doigt le chemin entre les arbustes.

— J'ai rien fait, je vous jure.

— Arrête de jurer. Tu l'as bien vue, cette femme ?

Le garçon hoche la tête.

— Comment elle était ?

— Avec une robe longue, pieds nus, cheveux noirs.

L'inspecteur ouvre le médaillon. Le portrait pendule sous le nez du garçon qui suit la cadence. Quand la chaîne se fige, le garçon est hypnotisé.

— C'est elle ?

— Ça y ressemble. Elle avait une chevelure plus longue et elle avait l'air d'une folle. Elle suivait la gamine. De toute façon, c'est allé vite.

L'inspecteur se tait. Il renferme le médaillon et range la chaîne dans la boîte métallique, puis la boîte dans son sac. Il en profite pour récupérer sa paire de gants. Il se redresse, passe les bras dans les bretelles et compte dix secondes. Dix secondes, c'est une éternité.

— Écoute, petit, tu m'as bien aidé. On va aller là-bas derrière tous les deux. Si tu veux…

Le garçon sourit directement.

— Oh oui ! Vous voulez ? Je vous fais pas payer, hein !

— On verra après. Va.

Le garçon se remet sur pied. Il avance. L'inspecteur contrôle à droite et à gauche, derrière lui. Il passe ses gants : la main droite, puis la gauche. Il procède toujours ainsi. Il fouille dans sa poche. Lorsqu'il est à couvert, il déplie son couteau et allonge les foulées. Jacques Barnier n'a pas le temps de se retourner. L'inspecteur enserre le buste avec son bras gauche et le cale contre son torse, poing fermé. Au-dessus de l'épaule du garçon, la lame s'élève. C'est un mouvement rapide, en arc de cercle, et l'acier s'enfonce jusqu'à la carotide. L'inspecteur, emporté par l'élan, maintient le corps contre lui. Le sang coule sur son gant. S'il était mains nues, le sang serait tiède. Ensuite, il replie le couteau contre sa hanche, le range dans sa poche. Enfin, il obstrue la bouche du garçon qui n'est qu'un porcelet qu'on égorge. Donc, le garçon grogne. Vingt-huit secondes plus tard, il est mort.

Un pépiement fuse dans les feuillages, quatre temps qui n'en semblent qu'un. Les notes sont identiques, rapprochées. L'inspecteur jurerait que c'est un *si*. Il repère l'oiseau, le ventre jaune et les ailes grises, le joli oiseau qui s'agite sur la branche. Il ne sait pas qu'il s'agit d'une bergeronnette des ruisseaux. L'inspecteur laisse couler le corps du garçon, prisonnier de son poids qui l'attire là où il finira, et quand la tête atteint sa ceinture, il lâche. La tête cogne les cailloux. Les yeux sont encore ouverts. Le sang, dans l'ombre, est carmin. La bergeronnette piaille de plus belle.

# J'ai vendu mon âme au diable

L'inspecteur a creusé à la main, recouvert le corps du garçon de cailloux. Il s'est rincé le sang à la rivière et a attendu la tombée de la nuit. Il n'a rien demandé aux idoles. À 20 h 15, il a traversé la Drôme pour récupérer son vélo. Puis il a quitté sa veste et passé du linge propre et sec, ainsi que sa redingote. En revanche, il n'a qu'une paire de chaussures et, maintenant, ses orteils sont aussi froids que l'hiver. Pourtant, il est en position depuis deux heures, tapi dans le noir qu'il voudrait *eigengrau*[1], camouflé par un massif d'hortensias. Mais on n'a jamais assez de nuit et, allongé derrière le linge qui finira de sécher demain, il distingue la Russe. Natacha est dans la cuisine, elle fait la vaisselle. Malgré ses origines, il serait injuste qu'elle meure.

Marc Escoffier ouvre et sort sur le parvis. Immédiatement, l'inspecteur baisse la tête jusqu'à ce que son front frotte l'herbe humide. Le garçon de ferme est torse nu. On dirait qu'il garde les alentours. Il sonde le ciel, les premières étoiles qui luisent. Il quitte ses godillots, ses chaussettes et son pantalon. Marc Escoffier est

1. De la couleur vue par l'œil humain dans l'obscurité totale.

souple pour un homme à corps de forçat. Il récupère une bassine, se rend au lavoir. Il disparaît. L'inspecteur entend un robinet chuinter, le jet cogner le fond du récipient, la surface de l'eau, puis plus rien. Marc Escoffier réapparaît, il se déplace sur la pointe des pieds tel un danseur d'opéra, en slip. Son corps est sculpté, il est beau. Il quitte son slip et se savonne avec un gant de toilette. Le couteau de l'inspecteur est dans sa main. Il le serre plus fort entre ses doigts. Il voit les fesses, devine un bout de sexe entre des cuisses velues, blanches. L'instant n'est pas celui de l'assaut. Marc sautille jusque derrière la maison. L'inspecteur observe une dernière fois Natacha, se met à genoux et se lève. Il faut commencer par l'homme et en finir par la femme. Fâcheusement, elle pourrait entendre s'il y avait lutte. Il utilisera son pistolet si besoin, mais en dernier recours. Présentement, il entend le jet d'eau, un sifflotement. L'air l'arrête. Il connaît. Les paroles lui arrivent sans qu'il réclame rien :

*J'ai vendu mon âme au diable*
*Pour toi, Ninon, pour ton baiser*
*J'ai conclu ce pacte effroyable*
*Qui fera de moi un damné*
*Pour avoir ton corps adorable*
*Un seul jour dans mes bras crispés*
*Ninon, pour une éternité.*

La mélodie est mélancolique, le sifflement déterminé, et Natacha trempe maintenant les couverts dans l'évier. Trop tard pour prendre le garçon de ferme par surprise : le bruit d'eau cesse, Marc revient dans la pénombre et se place dans la lumière. Il enfile ses chaussettes, son slip, son pantalon. Les mains sur les hanches, il surveille les étoiles. L'inspecteur a une chance sur deux de se faire remarquer. Sa silhouette doit dessiner une ombre sur le drap blanc, comme dans un théâtre chinois.

La tête du garçon de ferme pivote, il observe désormais dans sa direction. L'inspecteur est en apnée, ses doigts se crispent sur le manche du couteau. Mais Marc Escoffier ne le repère pas. Il se racle la gorge et crache devant lui. Quand il rentre et referme la porte, l'inspecteur ouvre la main et le couteau glisse. L'arme chute et se plante dans le sol. Dans la cuisine, Marc Escoffier avance jusqu'à Natacha et elle se tourne. Elle lui indique un bol dont la vapeur s'échappe et sourit. L'assassinat est une option qui laissera plus de traces qu'elle n'en effacera. Par conséquent, et sans doute pour bien d'autres raisons, l'inspecteur s'accroupit, récupère son arme, recule. Il va à sa bicyclette et quitte les lieux.

Quand il est suffisamment loin, il avale un autre cachet. Puis il pédale jusqu'à la ferme de Peyrambert. Il ne croise aucun véhicule ni personne. Sur place, il va vite : il monte dans la chambre de l'épouse Delhomme et de Juliette chercher un vêtement de la gosse. Il ouvre l'armoire, fouille et trouve les chemisettes. Il récupère celle qui est sous la pile. Il dévale l'escalier, renfourche sa bicyclette et fonce jusqu'à la cascade dont lui a parlé Natacha, aux Lambres. Immanquablement, à une intersection, il se perd. Il tombe après sur des constructions, longe une clôture, c'est un élevage, des centaines de pintades criaillent. Un chemin cabossé conduit à un ruisseau.

En bas, la cascade n'est pas vraiment une cascade. En tout cas, elle n'est pas naturelle. Il y a un mur qui monte, construit par des humains, et un trou d'eau de trois mètres de diamètre, sûrement creusé par les mêmes. Le faisceau de la lampe s'élève, puis s'abat sur la surface de l'eau qui l'absorbe entre ses vaguelettes.

L'inspecteur remonte alors la jambe de son pantalon : la plaie de son tibia saigne sous le bandage. La quantité de sang ne sera pas suffisante, alors il déplie sa lame et incise la peau de son mollet sur quatre centimètres. Ça coule abondamment, il éponge avec la chemisette de Juliette, puis, lorsqu'elle est suffisamment imbibée, il arrache la boutonnière. Ensuite, il plonge le tissu ensanglanté au fond du trou d'eau et le cale avec un caillou. Il éclaire. L'inspecteur distingue alors les contours de son visage, couleur argent.

Il remonte le chemin et retourne à Peyrambert. Cette fois, il prend la route qui escalade la colline de Divajeu. Avant la côte, il cache son vélo dans un talus et traverse le champ en jachère. Il file jusque dans l'atelier d'Henri Delhomme, bille en tête. Là-dedans, il dégote une masse. Il soulève les planches à l'arrière du bâtiment. Après, il pose sa lampe torche et commence à taper la base du cachot. Le mur éclate, le ciment part en blocs ou s'émiette. En dix minutes, les murs sont effondrés. Il s'en prend alors aux bottes de foin et éparpille la paille. Il grimpe sur le tas de gravats et finit de briser les cloisons, se glisse à l'intérieur. Il attrape sa lampe et contemple : personne ne pourra plus deviner qu'ici se tenait un cachot et qu'on y a enfermé une femme durant près de deux ans.

# Douce France

La pharmacie de Chabeuil ouvre à 9 heures. Assis devant la façade carrelée noire, l'inspecteur attend. Il n'a pas quitté son casque d'aviateur et ses lunettes sont remontées sur son front. Il a roulé vingt kilomètres entre les collines, les chênes et les forêts d'épineux : Vaunaveys-la-Rochette, Ourche, La Baume-Cornillane, Barcelonne, la France en chapelet. Le pays compte des dizaines de milliers de villages, avec des écoles, des boulangeries, des mairies, des lavoirs, des bistrots. C'est du reste l'image qu'il en a toujours eue : une capitale féerique pour les ambitieux et, ailleurs, des gens potelés qui cultivent la terre et se soûlent.

Lorsqu'il débarque, le pharmacien est habillé comme un bourgeois de la Belle Époque, bouc taillé et lavallière. Des écoliers passent sur le trottoir en face. Ils marchent au pas, dans leurs blouses grises, le maître est devant, qui sait où il va. Le rang se distend, au fond les garçons chahutent à coups de coude. Le pharmacien ouvre, met l'électricité. La boutique et les vitrines s'illuminent. La préparatrice arrive. Le pharmacien lui laisse la caisse et s'occupe de l'inspecteur dans l'arrière-boutique. Ça sent la menthe, le talc et l'alcool. Des fioles sont disposées sur une paillasse. Le pharmacien n'est pas très bavard. Il assoit l'inspecteur sur une chaise, approche une lampe à pied et se lave les mains au lavabo. Puis il nettoie à l'alcool à 90° la plaie sur le tibia de l'inspecteur, ainsi que la coupure sur le mollet. Pendant, il conseille un médecin. L'inspecteur serre les miches tellement ça pique et rétorque qu'il est pressé, qu'il a simplement fait une chute. Du coup, le pharmacien propose de le recoudre lui-même. Cette fois, il s'empresse d'étaler son savoir-faire. Il fait la tête mystérieuse du chat qui chie, ferme en quatre points. Le fil est long et le pharmacien ressemble à un couturier, avec sa blouse blanche, ses moustaches et son sourire qui dit qu'il aime suturer. Les thanatopracteurs doivent le faire pareil, en fait. Sauf que l'inspecteur n'est pas mort et que son système nerveux est actif et que l'aiguille est trop grosse. Lorsque le pharmacien en a fini, l'inspecteur se lève. Il s'observe dans le miroir fixé sur la porte de la réserve.

Quand il veut payer, le pharmacien affirme que c'est « en tout bien tout honneur ». Sûrement que la fierté lui a déréglé le langage ou alors l'inspecteur ne comprend pas la signification. Il n'a jamais saisi le sens exact de certaines expressions idiomatiques. L'inspecteur demande des antalgiques, de la gaze et de l'adhésif. Le pharmacien prétend que l'aspirine est déconseillée à cause du saignement de sa jambe. L'inspecteur ignore sa recommandation et le pharmacien lui fournit une boîte de « la grande marque française », des cachets fabriqués par « les Usines du Rhône ». On ne peut pas louper la réclame, elle occupe toute la face avant du carton.

Avant de quitter le bourg, l'inspecteur s'arrête au *Bistrot de la Mairie* qui finit de se vider. C'est juste après une épicerie Coop. Il a mal aux bras, aux cuisses, au tibia. Il reste au comptoir, commande un café, un croissant, avale une aspirine. Le bistrotier le reluque. L'inspecteur souhaiterait aussi un encas pour le déjeuner. Le type, pas commode, appelle sa femme qui sort de derrière une porte.

Plus tard, l'inspecteur remplit sa gourde et celle de réserve à la fontaine, un gros sandwich dans sa sacoche, avec des cornichons et du beurre. Il faut reconnaître un mérite au pays : le cochon y est meilleur. Puis l'inspecteur se rend au tabac et achète une carte Michelin de l'Isère. Il la déplie vers la fontaine. Il l'étale sur le sol, puis celle de la Drôme et du Vaucluse qui est humide. Il les colle l'une à l'autre pour constater que la route pour Villard-de-Lans passe par les gorges de la Bourne. Il y est déjà allé. Pas par là. Au crayon, il cercle la commune de Corrençon-en-Vercors : c'est l'unique adresse marquée sur son carnet. Celle de Monique Rozier, née Delhomme, Corrençon-en-Vercors, la femme qui est venue reconnaître les corps à la morgue. La vraie sœur.

L'inspecteur reprend sa route, le pansement lui tire les poils, sa tête le lance. Il avale un autre antalgique, cherche la direction de Barbières. Il s'arrête près d'un champ de pêchers, jette son pantalon mouillé, sa veste, ses chaussettes et son slip de rechange et passe ses vêtements propres. L'inspecteur a de l'avance. Les renards ont plus de raisons de trouver le corps du garçon au bord de la Drôme que les gendarmes. Et le cachot n'existe plus. À force de pédaler, les falaises grises du Vercors se rapprochent. Arrivé à Barbières, il vérifie son itinéraire et hésite. En observant la route du col de Tourniol qui disparaît dans un goulot d'étranglement, il tranche. Connerie de vélo… Son histoire de punition ne tient pas, à moins de reprendre une consommation de méthamphétamines au rythme du front. Il lui faut un véhicule motorisé. Il doit se requinquer vite, sinon il ne la trouvera jamais. Elle a fui par la Drôme, elle est en vie. Il touche au but comme jamais.

Le trajet jusqu'à Saint-Nazaire-en-Royans est un désastre. À mi-chemin, un pan de la montagne a été rasé, découvrant des blocs de roches blanches et d'épaisses couches de silice que la luminosité rend ocre. L'inspecteur s'arrête, dévore son jambon-beurre. La croûte du pain est noircie. Le grillé se mélange au gras du beurre et de la cochonnaille et à l'acidité des cornichons. Il aime et mange trop rapidement, puis il boit pour faire passer son hoquet. Ça ne change rien. Il admire la carrière. Il a fait des études de physique avant celles de lettres. Ce fut évidemment un échec. Sa seule chance fut d'être né en 1900. Sans quoi, il serait mort dans une tranchée. Mais après la Première Guerre, ses diplômes ne servaient à rien. Les soldats ne sont pas rentrés assez cassés pour échapper au turbin. Ils ont juste grossi les rangs des chômeurs et il a été obligé de partir. Pour lui, ce fut Paris. Une vraie humiliation. Pourtant, il sait que c'est du kaolin et qu'on taillade la nature pour fabriquer des assiettes en porcelaine.

Sur ces considérations, il dormirait bien. Cependant, il y retourne, ses douleurs s'accentuent et il est obligé de s'arrêter à Hostun. Il choisit une plantation de noyers, vingt rangées bien rangées, soixante mètres de long. Pour poser sa couverture sous un arbre. Il s'endort.

C'est un gamin qui le réveille. L'inspecteur sent une semelle lui secouer l'épaule. Le gamin est grand, maigrichon, des cheveux corbeau aux reflets de mouche à merde, des yeux saugrenus. Surtout, il est armé d'une machette. L'inspecteur contrôle sa montre. Il a dormi trois heures et le gamin est belliqueux.

— Vous êtes chez nous.

L'inspecteur se lève, il s'étire. Le gamin monte la machette au buste, insiste :

— Faut déguerpir, sinon j'appelle mon père. Il est moins arrangeant que moi…

L'inspecteur pourrait le tuer. Il lui suffirait de dégainer et de tirer. Une balle entre les deux sourcils. Mais il remonte sur son vélo et part. Il entend les pas derrière lui, le gamin qui court pour s'assurer qu'il va loin.

L'inspecteur parcourt les dix derniers kilomètres à la peine. C'est pire d'avoir dormi. Il ne digère pas. À ce rythme, il va vomir. Vers la fin, il monte une côte et bascule dans une cuvette. Il se laisse porter par la pente, souffle.

Quand il pénètre dans le centre de Saint-Nazaire-en-Royans, les maisons à étages semblent pencher vers lui. Cinq ont la façade refaite, une est parée d'échafaudages. Il s'arrête sur une placette, devant l'*Hôtel Rome*. Au début de la route des Goulets, qui file vers le Vercors, le goudron de la route est neuf. Il examine les habitations. Il y a une dent creuse. Il sait pourquoi. Il y a seulement sept ans, ici pleuvaient les bombes.

## Finis, les rires et les trilles

L'inspecteur a dormi toute la nuit du samedi et une partie du dimanche à l'*Hôtel Rome* de Saint-Nazaire-en-Royans où il a réservé une chambre au nom de Pierre Michel. Il n'a pas signalé qu'il était un inspecteur de la brigade criminelle de Lyon. Mais il a dit Pierre alors que, d'habitude, il ne donne jamais son prénom. Sûrement qu'il devient lui-même.

Sur le marché, ça grouillait déjà, comme si les gens étaient descendus des montagnes. Des couples apprêtés et des bambins endimanchés, des cornets à bonbons. Un marchand de vaisselle, un stand de chocolat bondé et un boucher qui empaquetait des épaules d'agneau à la chaîne. C'est là qu'il a compris : c'était le dimanche de Pâques. Pourtant, l'inspecteur n'est pas allé à la messe. Il a prié dans sa chambre. Ensuite, il a réorganisé sa sacoche, fait sécher sa paire de chaussures sur un radiateur. Comme c'était dimanche, il n'a pas mangé. Surtout, il a dormi. Le lundi matin, les semelles étant encore humides, il a acheté *Les Allobroges.* Dans le journal, il n'y avait aucune indication sur un nouveau crime survenu à Crest, Drôme. En revanche, aux pages « International » était stipulé que l'URSS avait offert cinquante mille tonnes de froment à l'Inde victime de la famine et que le Bureau d'aide aux Palestiniens avait publié un projet d'installation de cinquante mille réfugiés dans le désert égyptien du Sinaï. De ces deux informations on pouvait conclure que les juifs avaient de la suite dans les idées et que les Américains n'avaient pas complètement gagné la guerre. Il a chiffonné le papier journal et l'a fourré dans ses chaussures.

Il aura cinquante et un ans dans cinq jours et il ne fêtera pas son anniversaire. Peut-être que ses frères et sœurs sont morts, il n'en sait rien. Il n'a pas cherché à prendre de leurs nouvelles depuis la guerre. De toute façon, il ne les a jamais vraiment aimés. C'est qu'ils l'ont toujours méprisé, jusqu'à sa réussite. L'ascension sociale, personne ne connaissait. Lui, si. Ils ne le méprisaient plus, mais ils étaient jaloux et terrifiés. Toute organisation policière fait ça aux gens. L'uniforme, le fichage politique : le raté de la famille était devenu quelqu'un.

Aujourd'hui, il fait incroyablement beau et il reprend la route. Il approche de Villard-de-Lans en milieu d'après-midi. Les crêtes des montagnes sont enneigées. La dernière fois, tout était recouvert, les prés, les toits. Il s'arrête en bas du village aux pierres grises. Il fait curieusement chaud, au moins 18 °C. L'air a un goût d'eau. Il n'a pas l'intention de s'attarder trop longtemps, mais, alors qu'il remonte la rue principale, il tombe sur une boutique : *Ligier Habillement*. C'est un homme qui le sert. L'inspecteur lui prend deux chemises blanches, un pantalon anthracite en toile. *A priori*, c'est pour les randonneurs et le vendeur vante les qualités de la toile denim. L'inspecteur achète encore deux paires de chaussettes en fil d'Écosse.

Sur la place pavée, ceinte de platanes, il y a la mairie. L'inspecteur pèse le pour et le contre, se décide à entrer. Une secrétaire municipale l'accueille. Enfin, on ne peut pas appeler ça un accueil. Elle est sûre de son fait et lui admoneste son autorité administrative : inspecteur de police ou pas, il faut l'agrément de M. le maire pour consulter les fichiers d'état civil. L'inspecteur a mal jugé. Sûrement parce que le vendeur d'habits était prolixe. La femme, elle, est native. Ce sont les montagnes, les gens sont moins dociles à cause des hivers et de la neige. Ça enferme les familles des semaines durant, et rester cloîtré avec les siens fabrique des méfiants.

Lorsque l'inspecteur ressort de la mairie, il se rend au *Café du Commerce*, entre. Cinq hommes sont accoudés au bar, chacun son petit verre. Quatre vocifèrent, dont le patron, un autre en marcel chantonne. Le dernier observe leur cirque, éberlué. Il est blond, presque rouquin, moustache fournie, pas grand et œil coquin. Surtout, tous font comme si l'inspecteur n'était pas dans la salle, sauf un qui se tourne ostensiblement. C'est le plus jeune, le seul qui a gardé son béret. Il porte une chemise en laine à carreaux, elle est retroussée aux manches, et un ceinturon maintient son pantalon de travail au-dessus de la taille. Il fait un sourire en coin comme pour dire : « On va t'enfoncer tout le corps dans ton stupide couvre-chef et te pendre par les pieds au-dessus d'une ravine, étranger. » L'inspecteur retire son casque, ses lunettes mais aussi sa redingote et sa veste, pendant que les autres poursuivent leurs rires et leurs trilles. Ensuite, il se poste au bout du bar, le holster bien visible, ainsi que la crosse de son Luger. D'un coup, c'est fini : on entendrait un planeur de la Luftwaffe frôler les crêtes des falaises et, par ici, ils ne les aiment pas, ces avions. Ce sont eux qui sont arrivés en premier en juillet 1944. Avant de placer sa carte de police et une liasse de billets sur le zinc, l'inspecteur dit :

— Un vichy fraise, s'il vous plaît.

Pendant que le patron attrape la bouteille de sirop Bigallet sur une étagère, l'inspecteur poursuit :

— Messieurs, je suis l'inspecteur Michel de la brigade criminelle de Lyon. Je cherche un renseignement et je rémunère celui qui le donne.

Il secoue la liasse de billets de 100. Deux gars baissent les yeux, deux autres ne peuvent plus décrocher leur regard de l'argent. Celui avec la moustache blonde le défie.

— Est-ce que l'un d'entre vous connaît un dénommé Henri Delhomme, qui a dû quitter la ville aux alentours de l'hiver 1945 ?

Là, tout le monde a le menton en bas, sauf le patron qui empile des verres dans son évier et l'effronté à moustache. L'inspecteur demande :

— Patron, c'est quoi votre nom ?

— Riffard.

— Très bien. Vous faisiez quoi pendant la guerre ?

Le patron attrape le torchon autour de son cou et essuie un plat.

— Vous teniez déjà ce bar ?

— Oui. C'était mon père avant moi et mon grand-père avant lui. Mais en quoi ça vous regarde ? Mon frère était au maquis, vous savez. Et moi, je les ravitaillais.

— Tout le monde a un père ou un oncle résistant, c'est bien connu.

Le plus jeune croit bon de l'ouvrir :

— J'étais du C3[1], moi, seize ans à peine et au pont de la Goule noire quand ces salopards boches sont montés. Chais pas où vous étiez, vous.

L'inspecteur a dégainé son arme avant la dernière réplique. Il vise l'effronté, retire le cran de sécurité.

— Taisez-vous !

Le jeune soutient son regard. Celui qui chantonnait intervient :

— C'est bon, inspecteur, rangez ça. Vous allez le flinguer alors qu'il était plus valeureux que nous tous.

Le moustachu réplique :

— Parle pour toi, Albert.

Puis il examine l'inspecteur. Ce dernier dit :

— Vous connaissez Henri Delhomme ?

Le moustachu lâche :

— L'Henri, je l'ai connu au cours moyen.

— Et il a de la famille par ici ?

— C'était juste mon instituteur.

— On m'a dit qu'il était résistant, aussi. Vous devriez donc tous mieux le connaître.

Le moustachu met une tape dans le dos du jeune. Le canon du pistolet suit les prises de parole. Parfois, il se perd.

— Tu le connais, toi, pas vrai ? Riri, il était parmi les chefs, il logeait des juifs à Lans-en-Vercors.

1. Dans le Vercors, les camps de résistants portaient des numéros : C1, C2, C3… Le camp n° 3 était établi au lieu-dit « Baraque-des-Feuilles » près de Méaudre (38).

La nostalgie sort le jeune de l'affront. Il dit :

— Vous lui voulez quoi, à Henri Delhomme ?

L'inspecteur ne rétorque pas qu'il est mort. Il rengaine son arme et dit :

— Rien. Je cherche sa sœur, Monique. D'après mes informations, elle habite à Corrençon-en-Vercors. C'est pour une affaire de mœurs à Lyon. Elle pourrait m'aider à faire plonger un type qui a violé une gosse. Elle est mariée Rozier, aujourd'hui.

Les enfants, ça fonctionne toujours. Alors le patron dit :

— La folle ? Elle est veuve…

— Pardon ?

— Son mari était boulanger à Lans, il est mort avant la guerre. Pourquoi que vous avez pas dit que c'est elle que vous cherchiez ?

— Pourquoi vous dites « folle » ?

— Elle a fait du raffut après la guerre.

Le moustachu reprend la main :

— Elle est pas folle. Le gros René s'est mal comporté, on le sait.

Le patron rétorque :

— Le gros René était FFI dès 43.

Le moustachu le termine :

— Il s'est mal comporté après. Tais-toi.

Mais le patron insiste :

— Toi, t'étais communiste !

— Et je le suis encore. Mais j'ai dit : « Tais-toi. »

Un à la gueule tordue recolle les morceaux qui se baladent dans son crâne :

— Mais c'est celle-là qui en voulait après le gros René ?

Là, ils se regardent tous. La connerie de leur camarade les interloque. L'inspecteur demande :

— Elle habite où exactement ?

C'est le patron qui donne l'information :

— Tout en haut des Ravauds, une ferme.

Le moustachu ajoute :

— C'est chez elle qu'étaient cachés des enfants juifs à Lans, pas chez Henri. Maintenant, elle se terre là-haut. Elle est un peu zinzin, mais c'est une femme bien.

Sur ce, l'inspecteur boit son verre cul sec et paie d'un billet de 100.

— Gardez la monnaie.

## Près d'un tournant y avait un bois

L'inspecteur laisse Villard-de-Lans et ses remonte-pentes, ses marchands et ses hommes qui boivent. Il roule une demi-heure pendant que le soleil décline. Il suit la direction de Corrençon. Cependant, ça grimpe quand même. La température chute drastiquement. Il doit faire 4 °C.

Le bourg de Corrençon-en-Vercors est dans les faits un hameau composé d'une dizaine de fermes et de quelques baraques isolées dans un replat à mille mètres d'altitude. Il n'y a aucun signe de vie, sauf un chien de chasse qui aboie sur son passage et quelques fenêtres éclairées. Il est plus de 18 heures, les forestiers et les paysans mangent.

L'inspecteur s'arrête devant des centaines de troncs empilés, ils sentent la résine. Ils ont été traînés de la montagne et vont descendre dans les plaines. Lui doit faire le chemin inverse, monter, trouver les Ravauds, avec son vélo, sa sacoche, son médaillon et son or. L'inspecteur boit quelques goulées d'eau plus tiède que l'air. Puis il enfile ses gants.

Le bois est délimité par des piquets et des barbelés. À cause des animaux. Les chèvres, ça bouffe tout. Il gravit entre les hauts arbres, persuadé qu'ils vont finir par se fermer sur lui. Nécessairement, il crève. Il escalade donc à côté de son vélo. Ça sent l'humus, le bois, et c'est dans ce genre d'endroits que les hommes ont inventé les vampires et les cannibales. La prière ramènera le jour. Il doit seulement avancer, cesser de penser. Trouver. Et il le fait. Il poursuit son ascension, le faisceau de sa lampe torche tremblote, précédant sa venue. PROPRIÉTÉ PRIVÉE, DÉFENSE D'ENTRER. Il n'y a pas de nom, pas de boîte aux lettres. Il soulève le piquet et replie le barbelé sur lui-même. Il ne referme pas derrière lui. Il y a une construction au fond d'une clairière : ce n'est pas une ferme mais un chalet d'alpage. Il éclaire la façade, le toit en ardoise, l'unique fenêtre. Dans son dos, une voix de femme, rude :

— Mains en l'air !

L'inspecteur lève celle à la lampe torche. Le faisceau devient fou. La voix reprend :

— Les deux !

Il s'accroupit, dépose son vélo sur le lit d'aiguilles et de mousse. Il monte cette fois les deux bras.

— Qu'est-ce que vous faites ici ?

— Vous êtes Mme Monique Rozier ?

— Tournez-vous !

L'inspecteur obtempère. La femme mesure un mètre soixante, bottes fourrées, jupe longue et droite, une veste en peau de mouton par-dessus un gros chandail. Elle le braque avec un pistolet-mitrailleur, un Sten, l'arme merdique des résistants français, chargeur latéral. Le faisceau croise maintenant son regard.

— Baissez cette foutue lampe !

L'inspecteur lâche :

— Vous avez une chance sur deux de me rater avec ça, madame Rozier, même à cette distance.

Monique Rozier avance, l'arme braquée à hauteur de ventre. Des mèches grises encadrent son front ridé, ses joues tannées s'affaissent. Ses cheveux sont presque tenus sur l'arrière, moitié chignon, moitié queue-de-cheval. Elle a les dents grises, il lui en manque.

— Tirez-vous d'ici.

— Je ne crois pas, madame.

Elle pourrait bien envoyer une rafale et le balancer dans un ravin. Il finirait bouffé par un sanglier ou les renards. Elle a une tête à ça, des yeux qui ont fait la guerre. Il ajoute :

— Je viens vous voir au sujet de la petite Juliette Delhomme.

Monique Rozier n'a aucune réaction, comme les gens qui se forcent à ne pas en avoir.

— Je suis l'inspecteur Michel, de la brigade criminelle de Lyon.

Elle fait signe avec le menton.

— Tirez-vous, je vous dis.

— Vous savez pourquoi je suis là. Je vais sortir ma carte de police. Vous pouvez évidemment me tuer, ça ne fera qu'un mort de plus, avec votre frère et votre belle-sœur.

L'inspecteur déboutonne sa redingote, glisse la main sous un pan de sa veste. Il montre sa carte de police.

— Tirez-vous, maintenant ! J'ai rien à dire !

— Votre frère et votre belle-sœur ont été assassinés. Une fillette de onze ans a disparu. Vous pouvez m'aider à la trouver.

— Je sais rien.

Il avance, réduit la distance. Il fait un dernier pas et le canon du PM se cale sur sa poitrine. Il la fixe, voit les larmes gonfler ses paupières inférieures.

— La gamine ne s'appelle pas Juliette Delhomme mais Elsa Schwarz, n'est-ce pas ?

Monique Rozier déglutit, ses paupières s'abaissent.

— Et sa mère est passée vous voir il y a près de deux ans. Je me trompe ?

Elle rouvre les yeux, soutient le regard de l'inspecteur qui assène :

— Vous pouvez aussi enterrer vos secrets avec moi.

Monique Rozier baisse son arme. Elle s'essuie le nez, crache sur le côté. Elle va jusqu'au chalet, l'arme pendue le long de sa jambe, le canon du pistolet-mitrailleur traîne sur le sol. Elle fait claquer sa langue. On entend des sabots taper sur le sol. Un cheval sort du noir. Elle ouvre son enclos et la bête y pénètre.

Monique Rozier, elle, disparaît dans le chalet. Une lueur passe à travers la fenêtre. Elle se penche sur une lampe à huile et s'assoit derrière une table.

L'inspecteur redresse son vélo et le cale contre une pile de bûches. Au milieu de la clairière, il attend. Un croissant de lune blanchit le ciel et, dessous, bien plus loin dans l'infini, Vénus scintille. C'est la première étoile, celle de l'amour et des pâtres. Alors, il se signe, porte la main à ses lèvres. Là, il embrasse son index et son majeur.

# Je volerais tes plus tristes pensées…

L'inspecteur entre dans le chalet. Il y a un lit, une table, deux chaises, trois lampes à huile. Rien d'autre à part des couvertures, un placard et un petit buffet. Au-dessus du poêle, Monique Rozier, née Delhomme, a épinglé du papier cadeau pour protéger des projections de gras. L'inspecteur l'observe. Elle s'affaire, allume du petit bois et enfourne deux bûches. Dès que le feu a pris, elle referme la porte du poêle, puis soulève le couvercle d'une gamelle. C'est une dure au mal. Elle ne le regarde pas. Elle dégote deux assiettes dans le placard. Elles sont dépareillées. Elle les place sur la toile cirée rouge et blanche.

L'inspecteur ne bouge pas, les mains dans les poches de sa redingote. Monique Rozier finit de mettre la table, les couverts, deux verres. Elle sort aussi une assiette de fromage de derrière un rideau, de la tomme et un picodon entamé, un pichet d'eau qu'elle va remplir. Elle s'en sert un verre, l'avale, se sert une deuxième fois. On n'entend que les *glou-glou* de la soupe qui réchauffe après qu'elle s'est assise.

— Qu'attendez-vous de moi ?

— Votre frère et votre belle-sœur sont morts.

— Ça devait bien finir comme ça.

— Pourquoi n'avez-vous rien dit aux gendarmes ?

— On m'a demandé de reconnaître les corps. Je l'ai fait.

L'inspecteur quitte sa redingote et la pend sur un dossier de chaise. Il s'assoit en face d'elle. Monique Rozier lui verse un verre d'eau et il boit. C'est de l'eau de source, elle est glaciale.

— Vous ne voulez pas savoir qui les a tués ?

— Et pourquoi le voudrais-je ?

Monique Rozier baisse la tête. Il se frotte les mains, cherche la meilleure formule. Il demande :

— Est-ce que la mère est passée ici au printemps 1949 ?

Monique Rozier recule sa chaise. Elle se lève, va au fourneau et remue la soupe.

— Votre nièce ne s'appelle pas Juliette, madame Rozier. Je pense qu'elle a été adoptée par votre frère et sa femme, et qu'ils l'ont prénommée ainsi.

Monique Rozier continue de brasser la soupe.

— D'après mes informations, sa mère s'est présentée à la ferme de votre frère en juin 1949. J'ai besoin de vous pour comprendre le reste. Si elle est passée ici avant et, surtout, comment la petite est devenue Juliette Delhomme...

Monique Rozier renifle, brasse la soupe.

— Si la mère de la petite Elsa est bien passée chez vous et qu'elle se soit rendue à Crest dans la foulée, vous comprendrez que j'ai un problème, madame Rozier : pourquoi n'a-t-elle pas récupéré sa fille à ce moment, il y a presque deux ans maintenant ?

Monique Rozier ne se tourne toujours pas. Son menton s'affaisse sur son sternum. Elle place ses mains sur le rebord du poêle.

— La mère s'appelle Rachel Schwarz, n'est-ce pas ? Rachel Schwarz, juive.

Monique Rozier prend son souffle et pivote. Elle le fixe. Elle lâche :

— À quoi bon ?

— C'est vous qui lui avez dit où était sa fille. Vous saviez où votre frère et votre belle-sœur vivaient, et surtout pourquoi.

— J'ai dit qu'elle les trouverait à Crest. Et que je n'étais sûre de rien. Je l'ai dit aussi.

— Donc, vous admettez qu'une dénommée Rachel Schwarz est venue vous réclamer son enfant en 1949 et que vous lui avez indiqué qu'elle était chez votre frère, à la ferme de Peyrambert ?

Monique Rozier ne répond pas, elle replace le couvercle sur la gamelle. Elle glisse les mains dans la poche ventrale de son tablier.

— Je voudrais savoir quand votre frère et votre belle-sœur ont quitté le Vercors.

Elle finit par répondre :

— Fin 1945.

— Pourquoi sont-ils partis d'ici ?

Elle sort une miche de pain de derrière le rideau, coupe deux tranches avec un grand couteau aiguisé comme un rasoir. Elle ne le regarde toujours pas.

— Madame Rozier, je viens de chez eux : il n'y a pas une ferme mais deux. Celle d'en haut et celle d'en bas.

— Je ne connais pas. Je n'y suis jamais allée. Je me suis seulement rendue à la morgue.

— Rachel Schwarz s'y est rendue selon vos indications. Elle a trouvé votre frère, votre belle-sœur. Elle a été virulente avec eux, comme elle l'a été avec vous, je n'en doute pas. Peut-être même vous a-t-elle menacée ?

Monique Rozier lui tend une tranche de pain. Il la prend. Elle plante ses yeux humides dans les siens.

— Elle n'en a pas eu besoin. J'ai fait ce qui me semblait juste. C'était sa fille.

— Votre frère et votre belle-sœur n'ont pas voulu rendre l'enfant quand Rachel Schwarz s'est présentée à Peyrambert.

— Je ne sais pas, je vous dis.

— Vous ne voulez surtout pas savoir. Votre frère l'a emprisonnée… Madame Rozier, comment est-il possible qu'un résistant du Vercors, ancien instituteur de village, enferme durant deux ans une femme dans un cachot alors qu'elle vient récupérer sa fille ?! C'est vous qui leur avez donné l'enfant. C'est vous qui cachiez des juifs pendant la guerre !

Monique Rozier serre les muscles de sa mâchoire. Elle aboie :

— Je ne veux rien savoir ! Je ne veux rien savoir !

— Nous allons quand même devoir évaluer le niveau de responsabilité de chacun, les vôtres comme la mienne…

Monique Rozier le sert pour se calmer. Ils mangent leur soupe de poireaux et de pommes de terre. À la fin, elle essuie son assiette avec du pain, coupe un morceau de tomme. L'inspecteur opte pour le fromage de chèvre. Puis elle débarrasse la table, stocke la vaisselle dans une bassine et essuie la toile cirée. Après, elle enfile sa veste et sort avec une lampe à huile. L'inspecteur se place dans l'encadrement de la porte. Monique Rozier se pose sur les marches en bois, elle se roule une cigarette.

Comme elle cherche du feu, l'inspecteur approche et l'allume avec son briquet. Il s'assoit à côté d'elle et sonde la nuit.

Monique Rozier pleure, elle essuie sa morve sur la manche de son chandail. Elle se mouche dans un mouchoir en tissu. Elle fume. Pour finir, elle chevrote. C'est une contrition. Elle n'a jamais parlé et l'inspecteur est son confident. Elle en a besoin. Elle dit que la guerre rend les gens mauvais, même les bons. Il y en a qui se sont bien comportés, il y en a qui se sont mal comportés. On ne sait jamais qui. Il y a trop de morts et après que de la haine, même qu'elle précède, qu'à des moments elle possède tout le monde. Personne ne s'en remettra vraiment. Et c'est pas le pire. De l'autre côté, au sud, tout a été saccagé. C'est pour ça qu'elle est ici, qu'elle vit seule. Elle ne veut pas entendre parler de la victoire. Tout ça est faux. Les héros ont tué des innocents. Ils ont tondu des femmes, tué, pour des raisons vraies et pour d'autres plus viles, des fois pour la rancœur, des fois pour un lopin de terre, des fois pour rien, pour prouver qu'ils étaient des braves.

— Vous avez caché combien de familles ?

— Au début, c'était contre de l'argent. Les juifs pensionnaient sur le plateau à partir de 1941. Il y en avait beaucoup, dans le coin. Je ne suis pas meilleure que les autres.

— Et vous avez caché des enfants ?

— Souvent, ils n'avaient pas de famille. Cette gosse-là, elle n'avait personne. Je ne connaissais même pas son nom. C'était la règle, c'était pour les protéger. Moins on en savait, mieux c'était.

— Elle venait d'où ?

— De Grenoble.
— Qui vous l'a confiée ?
Monique Rozier baisse la tête, ne répond pas.
— Madame, qui vous a confié l'enfant ? Elle venait d'où ? De la villa Brise-des-Neiges ? Du monastère des Rédemptoristines ? Je connais tous les couvents, toutes les caches de Grenoble… Les sœurs de Notre-Dame-de-Sion ?
Monique Rozier est abasourdie. Elle hésite, puis dit :
— Oui, les sœurs de Notre-Dame-de-Sion. Comment vous savez ça ?
— C'est mon métier, je suis inspecteur de police…
— Il n'y avait plus de places à leur pensionnat, même que la Gestapo y faisait des descentes. En plus, la gosse avait trois ans. Les sœurs ne pouvaient pas s'occuper d'elle. C'est pour ça qu'elles m'ont demandé. Mais j'ai pas pu pas garder, moi. J'avais huit gosses déjà, elle était trop petite.
— C'était quand ?
— Début 44. Je l'ai gardée que trois semaines. Après, je l'ai confiée à ma belle-sœur, Louise. Elle s'en est occupée comme de sa fille. Elle l'a appelée Juliette, comme sa grand-mère. On a dit qu'elle avait fait un enfant sur le tard. Et puis ils ont perdu leur fils unique. La gosse leur a permis d'oublier. C'était un bon garçon, Jeannot. Il s'est fait prendre en avril 1944, vingt-cinq ans… La Milice est montée à Vassieux. Ils ont incendié les fermes, ils ont torturé. Lui, ils l'ont fusillé. C'est sûrement là que l'affaire a pris une mauvaise tournure. Henri, c'était vraiment quelqu'un de bien. Il a enterré son fils, il était digne, c'étaient des gens très dignes. Mon frère était du gouvernement civil, il était parmi les

chefs. Il a risqué sa vie, vous savez. C'était un homme respectable et respecté, sa parole pesait. Mais avec Louise, ils ne s'aimaient plus trop. Henri était communiste, Louise devenait de plus en plus bigote. À cause de Jeannot. Des fois, la mort coupe les gens du Ciel, là, à elle, ça a fait l'effet inverse. La petite, c'était devenu un cadeau de Dieu. Et comme ils s'aimaient plus en fait avec Henri, la petite, ça leur donnait un nouvel avenir. Mais c'était quand même pas la leur. Alors, quand ça a été fini, j'ai laissé passer un peu de temps, et puis je suis retournée voir les sœurs.

— Et ?

— La mère de la petite avait été déportée à Auschwitz. Les sœurs m'ont dit qu'elle reviendrait sûrement jamais. Personne n'en savait rien. On n'avait jamais réclamé la gosse. La mère supérieure a dit qu'il fallait la faire baptiser, qu'elle serait chrétienne et puis c'est tout. Moi, je suis retournée voir Henri et lui ai dit de se renseigner quand même, savoir si la mère était morte ou pas. Louise voulait rien entendre. Il y avait des listes de juifs vivants qui circulaient. La gosse avait cinq ans, c'était possible de la rendre, si jamais. Et c'est là que ça a dérapé. Je pensais qu'Henri entendrait raison. En fait, il aimait la gamine encore plus que Louise. C'était pas Dieu. C'était lui et la gosse. Henri a juste dit que Juliette était leur fille. Une fois qu'il avait décidé, il avait décidé. J'ai compris de suite. Je crois qu'ils l'aimaient beaucoup trop. Ça s'est envenimé entre nous. Louise l'a fait baptiser. Pour eux, elle s'appelait Juliette et rien d'autre. L'amour pour la gosse les a réunis, mais ça les a surtout détraqués. Je ne les reconnaissais plus. Je ne reconnaissais plus mon frère. C'est à Noël 1945 qu'ils ont décidé de quitter le Vercors pour Peyrambert. La veille de la Saint-Sylvestre, on était tous les trois, la gosse dormait, on s'est encore disputés. Et je les ai plus jamais revus. Sauf à la morgue.

— Vous savez quoi sur Rachel Schwarz ?

— Rien. Seulement qu'elle a été déportée. Et que la petite venait de Paris. C'était une fille de rien. Apparemment, elle se prostituait. Et c'était mieux que la gosse reste avec mon frère.

L'inspecteur n'arrive pas à se contrôler. Sa main remonte sur son ventre. Il a juste envie de dégainer et de la faire taire. Pourtant, il ne dégaine pas, enchaîne :

— Qui vous a dit ça ?! La mère Eugénie ?

— Oui. Vous la connaissez aussi ?

L'inspecteur se lève. Il fait quelques pas en direction de son vélo. Il s'arrête, se tourne et observe Monique Rozier qui tire sur sa cigarette. La flamme de la lampe à huile grelotte. Une goutte se forme au bout du nez de la femme. Elle souffle de la fumée qui chauffe l'air froid et se dissipe. De loin, l'inspecteur lance :

— Qui sait que Juliette s'appelle Elsa et qu'elle est la fille de Rachel Schwarz, à part vous ?

Monique Rozier répond en ôtant la cigarette d'entre ses lèvres.

— Plus personne, désormais.

— Elles venaient vraiment de Paris, vous êtes sûre ?

Elle ne lui répond pas. Puis elle sourit et demande :

— Mon frère l'a enfermée durant deux ans ?

L'inspecteur avance, déboutonne sa veste. Monique Rozier le fixe, comme s'il allait lui voler ses plus tristes pensées.

— Oui. Dans un cachot.

Il avance encore, dégaine son Luger. Il la braque.

— Vous n'êtes pas inspecteur, n'est-ce pas ?

Il inspire, bloque sa respiration.

— Vous êtes le père.

Les paupières de l'inspecteur clignent et il appuie sur la queue de détente. La balle touche dans le cou. Monique Rozier a les yeux figés quand la cigarette tombe sur sa jupe. Elle porte les mains à l'orifice, cherche de l'air, avale du sang. Mais le second coup claque et le projectile se loge cette fois au milieu du front. L'inspecteur a encore les bras tendus quand le corps s'écroule et que l'écho de la détonation ricoche entre les montagnes.

## Pour fuir le présent

Le matin, il pleut. L'inspecteur passe sa cape imperméable, cherche dans les alentours. Il tombe sur un scialet[1] à cinquante mètres du chalet. C'est son jour de chance. Il retourne chercher le corps, cale Monique Rozier sur son épaule. Elle pèse moins de quarante kilos, c'est plutôt facile. Il fait glisser le cadavre dans le gouffre. Un bruit sourd remonte par la bouche, trente mètres de profond. Puis il nettoie le sang sur les marches. Il fait la vaisselle, aussi, et la range. Ensuite, il change le boyau de sa roue et procède à un dernier tour pour s'assurer que tout est en ordre. Il ouvre l'enclos, mais le cheval ne fuit pas.

La descente jusqu'à Villard est rapide. L'inspecteur se rend à la station de tramway. Une dame lui indique que la ligne est fermée, qu'il n'y a plus que trois cars par jour qui montent de Seyssins. Il se résout à dévaler la départementale jusqu'à Sassenage. Le bitume est mouillé, la pluie glisse sur ses lunettes et la route est large et sûre. Il va aussi vite que la fourgonnette

1. Terme dialectal désignant les gouffres et dépressions de surface dans les zones préalpines de l'Isère et de la Drôme, notamment dans le massif du Vercors.

Juvaquatre qui le précède. Au centre-ville, il prend enfin le tramway qui vient de Veurey-Voroize. Le convoi est composé d'une locomotive légère et d'un wagon en bois. L'inspecteur cale sa bicyclette à l'arrière sur la rambarde, puis s'assoit au fond du wagon, derrière trois hommes. Il descend à Grenoble, à la station de la place Grenette, pas loin de l'*Hôtel Stendhal*. C'est le coin commerçant de la ville. Il y a beaucoup de jeunes, des étudiants. Grenoble, il connaît très bien, il y a déjà enquêté. À l'hôtel, c'est Marinette qui l'accueille, la cinquantaine, robe à pois, teint rougeaud. Elle dit :

— Ça faisait un bail, inspecteur ! Vous restez avec nous combien de temps, cette fois ?

— Une ou deux nuits, pas plus.

— Vous avez de la chance, votre chambre est libre.

L'inspecteur entrepose son vélo dans le local, au fond de l'arrière-cour. Il récupère ses objets précieux dans la sacoche, sa boîte à chimie, une pochette contenant des coupures de presse.

Il a vécu quinze mois dans cette chambre, à partir de janvier 1947. C'était après l'Italie. À cette époque, il cherchait déjà la trace d'une petite fille. Il savait juste qu'elle avait été confiée à des gens à Grenoble. Il ne connaissait pas le prénom.

Après, il prend une douche brûlante et se change. Il fait monter un plateau-repas. Marinette lui apporte deux tranches de rôti froid, une salade de céleri, une faisselle. À l'*Hôtel Stendhal*, on sert les meilleures faisselles du monde. Marinette a évidemment pensé à la confiture de framboise, celle avec les grains, sa préférée.

La tapisserie est mouchetée de trous. Ils sont microscopiques mais l'inspecteur les voit. Il ne voit qu'eux.

C'est lui qui les a faits. Avec des épingles. Il voit même à l'intérieur.

À l'hiver 1947, il a interrogé toutes les institutions qui avaient caché des enfants dans la région. Beaucoup de juifs s'étaient réfugiés ici durant la guerre. On disait vingt mille. Des Polonais, des Ukrainiens, de tout.

Les sœurs de Notre-Dame-de-Sion avaient abrité des centaines de familles, mais elles n'ont pas étayé l'enquête de l'inspecteur : elles ont certifié ne pas connaître une enfant née vers 1940, fille de Rachel Schwarz, juive déportée de Drancy à Auschwitz.

L'inspecteur a évidemment trouvé des juifs, beaucoup. Il a recoupé les informations, épinglé des arbres généalogiques, des plans. Il a aussi traversé la France. Il a payé des informateurs. Il a relié ses épingles avec de la laine rouge. Marinette lui a fourni la pelote.

L'inspecteur est allé à l'institution Robin, jusque dans les montagnes, au sanctuaire de La Salette. Il est allé dans les écoles, les orphelinats, à Saint-Martin-le-Vinoux, à Corenc, à Rondeau-Montfleury, à Thodur. Il a ratissé les cures de campagne. Il a interrogé l'ancien doyen de la faculté de science.

Toutes et tous avaient caché des juifs. Personne ne se souvenait d'une petite, fille de Rachel Schwarz. Personne n'avait vu Rachel Schwarz, qui ne figurait d'ailleurs pas sur les listes de morts établies par les autorités juives. Rachel Schwarz était inscrite sur la liste des disparus. On avait perdu sa trace à Odessa, Ukraine, en avril 1945.

À la fin du printemps 1948, l'inspecteur a retiré les épingles, jeté la laine rouge. Il s'est concentré sur Lyon. Il a pris une location au sud de Lyon, à Charly.

Il loue encore cette maison. Tous ses dossiers y sont entreposés. D'après ses informations, Rachel Schwarz a travaillé à Lyon avant la guerre, dans une usine automobile. Elle le lui a dit. L'inspecteur a fait toutes les fabriques. « Inspecteur Michel, brigade criminelle. Donnez-moi la liste du personnel. » Il n'a rien trouvé. Et aujourd'hui, il n'y a que les trous d'épingle.

L'inspecteur ouvre sa boîte à chimie. Il y a des poudres, quatre fioles. Il attrape la première, renifle au goulot. Ce n'est pas la bonne. La deuxième sent l'amande amère. Il la fourre dans la poche intérieure de sa veste. Puis il sort son médaillon et il la regarde. Il voit Rachel Schwarz sous des larmes. Ses yeux noirs, son nez parfait, ses lèvres douces. Il n'a jamais été aussi près. Et il pleure.

Quand il sort, il ne pleut plus. Il se rend à pied à la station de tramway, prend la direction de Seyssins. Il descend avant le Drac, à Lesdiguières, et arrive à la villa Truchetet. Il observe la bâtisse, les hauts toits en ardoise, les balcons en bois peints dans le style normand. Il contrôle l'arme dans son holster, sa fiole, ouvre deux boutons de sa redingote. Puis il pousse le portillon et pénètre dans le parc. Il passe sous le cèdre qui monte à trente mètres. C'est la troisième fois de sa vie et l'arbre n'en est pas moins bleu, serein. Une jeune sœur le fait patienter dans le vestibule. Elle l'accompagne ensuite au troisième étage. L'inspecteur pénètre dans la chambre aux stores baissés. Alors que la jeune sœur veut rester, il lui intime l'ordre de sortir. La sœur demande l'accord de la mère supérieure. Mais la mère Eugénie a les yeux clos, elle est allongée sur un lit. Ses lèvres remuent et elle hoche imperceptiblement la tête. Ça vaut assentiment et la sœur obtempère.

La lumière est poudrée. Le lit en noyer est sous une croix. Sur la cheminée, une statue de Sainte Vierge veille. L'inspecteur repère le pot de chambre. La mère Eugénie est maigre, toute petite. Elle a plus de quatre-vingts ans. Elle porte une tunique, un scapulaire. Sa guimpe blanche lui couvre la tête et encadre strictement son visage en cachant le cou et la gorge. Ses mains sont croisées sur son ventre et enserrent un chapelet. On pourrait croire qu'elle est déjà morte.

L'inspecteur se racle la gorge et attend. La mère supérieure finit par entrouvrir les paupières.

— Je viens au sujet de la petite Elsa Schwarz.

La mère Eugénie articule à peine :

— Vous n'abandonnerez jamais ?

Elle tente de lever une main et renonce. L'inspecteur approche du lit.

— J'ai aujourd'hui la preuve qu'Elsa Schwarz a été placée par vos soins chez Mme Monique Rozier, née Delhomme à Lans-en-Vercors. C'était fin 1943 sans doute et elle avait trois ans. Elsa Schwarz a ensuite été baptisée par sa famille d'accueil et prénommée Juliette. Aujourd'hui, elle a onze ans.

Quand l'inspecteur dit « baptisée », les lèvres de la mère Eugénie s'ouvrent. Elle ferme les yeux, car elle n'a pas la force de sourire.

— Pouvez-vous me confirmer que la mère d'Elsa, Rachel Schwarz, est passée vous voir début 1949 ?

La mère supérieure manque d'air. L'inspecteur repère une carafe d'eau et un verre sur le chevet de lit. Il en sert un, approche et relève la tête de la religieuse. Il porte le verre à ses lèvres. La mère Eugénie boit de petites lampées. En même temps, elle lui jette un œil, dédaigneuse. L'inspecteur pose le verre sur la cheminée. Puis il se penche sur elle et sa bouche effleure son oreille. Il murmure :

— Je dois retrouver Rachel Schwarz.

Comme la mère supérieure n'a pas de réaction, il répète :

— Je dois retrouver Rachel Schwarz.

Le souffle de l'inspecteur est chaud. Il ajoute :

— Vous auriez dû me dire la vérité en temps voulu.

La mère supérieure chuchote :

— Partez.

La mère Eugénie laisse glisser ses bras contre ses hanches. Le chapelet pend, coincé entre ses doigts. Sa courte respiration soulève sa cage thoracique. Ses inspirations sont bruyantes. L'inspecteur glisse alors la main dans la poche de sa veste et il sort sa fiole de cyanure.

— Qui vous a confié la fille ?

La mère Eugénie ne répond pas, garde les yeux clos. Il débouche la fiole, la place sous les narines de la mère supérieure.

— Vous sentez cette odeur ?

L'inspecteur attend. Puis il déclare :

— C'est du cyanure. Et vous ne voulez pas mourir. Vous avez trop peur de l'enfer. Vos prières ne rachèteront pas vos fautes.

L'inspecteur retire la fiole de sous ses narines. La mère Eugénie parvient à ouvrir les yeux et a tourné la tête. Elle le fixe, suffoque. Elle demande :

— Vous êtes juif ?

L'inspecteur lui sourit. Il se penche de nouveau sur elle et murmure :

— Dites-moi ce que vous savez sur Rachel Schwarz, sinon je vais devoir vous tuer.

La mère supérieure lui saisit le poignet. Elle est gagnée d'une force brutale, soudaine. Elle lâche :

— Rachel Schwarz a abandonné sa fille et a eu l'audace de la réclamer. Alors que ce n'est même pas elle qui nous l'a confiée.

L'inspecteur examine le verre d'eau.

— Qui vous a confié Elsa Schwarz ?

— Partez.

— Donnez-moi le nom.

La mère supérieure lui donne surtout un regard dur. Alors l'inspecteur se défait de l'étreinte et retourne à la cheminée. Il verse les cristaux de cyanure de potassium dans le verre, s'empare d'un crayon à papier et remue la solution en observant la religieuse. Puis il place une main sous sa tête et la redresse sur son oreiller. Il enfonce aussi son coude dans son sternum et elle gémit. Il approche le verre de ses lèvres.

— Dites-moi qui vous a donné la petite Elsa Schwarz.

La mère Eugénie déglutit. Ses yeux sont maintenant grands ouverts et elle tente d'éloigner sa bouche du verre. Mais l'inspecteur lui saisit le menton et ses doigts gantés broient les joues de la religieuse. Il hausse le ton :

— Qui vous a donné Elsa Schwarz ?!

La mère Eugénie secoue la tête. Elle bafouille :

— Arrêtez, arrêtez !

Il hurle :

— Qui ?! Qui vous l'a donnée ?

La mère Eugénie a les larmes aux yeux. Elle ânnone :

— Une prostituée de Pigalle. Elle s'appelait Suzanne Roustan. Lâchez-moi, lâchez-moi.

L'inspecteur recule. De la bave sort à la commissure des lèvres de la religieuse. Elle dit, mauvaise :

— C'était une putain, comme Rachel Schwarz. Une putain de Pigalle.

L'inspecteur scrute la surface de l'eau et les lèvres blanches de la vieille femme, qui redemande :

— Vous êtes juif ?

— Suzanne Roustan venait de Pigalle, vous êtes sûre ?

La mère supérieure manque d'air, elle dit :

— Je suis certaine.

Elle ajoute dans un dernier souffle :

— Un bon juif est un juif converti.

La tête de la mère supérieure s'enfonce dans l'oreiller. L'inspecteur la dévisage puis se rend à la fenêtre et regarde le parc. Après, il vide le verre de poison dans le pot de chambre. Une autre jeune sœur pénètre alors dans la pièce. L'inspecteur la salue et sort. C'est le meilleur moyen de fuir le présent.

# FOLLE COURSE

# À Paris sur la Terre

L'inspecteur a cinquante et un ans depuis hier. Tout est prêt dans le jardinet. Son vélo, ses sacoches, son gros sac à dos avec ses cinq lingots d'or. Il a rassemblé le strict nécessaire. Il est 6 heures du matin, le 1er avril 1951, et c'est vrai : il va abandonner sa bicoque sur les hauteurs de Charly, au sud de Lyon. Il ne peut plus posséder de base arrière. Si on trouve ses dossiers, on trouvera Rachel avant lui. Il doit effacer les traces, qui sont aussi les siennes.

Alors il vide dix litres d'essence dans la chambre, quatre litres dans la cuisine, quatre dans le salon. Et il met le feu. Il court dehors et admire. Ça va vite, tout s'embrase, la toiture prend, les flammes montent, ses années de recherche chauffent, se disloquent, s'élèvent en escarbilles incandescentes. Quelque part, c'est son feu de joie qui cuit l'air, les murs, c'est un brasier et les fenêtres explosent. Le bois craque, le métal crisse, la charpente cède et le toit s'effondre en cratère.

Il descend ensuite à Lyon, il est maintenant 7 h 30 du matin, la ville s'éveille et tout le monde aime la vie. Lui sent encore la suie et l'essence. Côté place Carnot, il grimpe par la voie des taxis et des véhicules de livraison. Le grand hall résonne, il fait la queue à un guichet et achète un aller simple pour Paris. Puis il boit un café à la brasserie en lisant *Le Progrès*, son gros sac calé entre ses genoux. Il survole la rubrique « Faits divers ». Pas de crime à Crest, pas de crime dans le Vercors. Un employé de la SNCF l'aide à descendre sa bicyclette et son chargement. Le Paris-Lyon-Marseille est programmé à 9 h 11. Il s'assoit sur un banc, observe. Le quai se remplit d'hommes qui vont faire des affaires à la capitale. Vestes amples aux épaules rembourrées, pantalons à revers, manteaux longs, feutres trilby : ils se sont donné le mot, se ressemblent tous.

Le PLM entre en gare. Il est tracté par une locomotive râblée, une Bugatti beige et bleu ciel qui fait penser à un missile V2. Il monte son fourbi dans la voiture 4. Une vieille dame à chapeau et voilette râle. C'est plein de bidasses qui fument aux fenêtres, des jeunes gars en uniformes fripés. Il se dégote une place dans un compartiment, installe son bagage dans les filets en hauteur. Les sept bidasses sont des adversaires et sentent la transpiration de la nuit. Mais il s'enferme avec eux. Puis le train part. Des conversations, ils viennent de Marseille, ils ont traversé la Méditerranée et rejoignent leur base à Coulommiers. Ils font des blagues, relatent leurs virées à Oran, avec les filles. L'inspecteur ferme les yeux, écoute. Le *tchac-tchac* sur les traverses est régulier et le berce. Il s'endort contre son gré à la hauteur de Dijon. Il se réveille en sursaut et en pleine Beauce. Il sue. Les bidasses roupillent. Il récupère son sac, file aux toilettes. Les cinq lingots sont là, roulés dans leur toile épaisse. Sa petite bourse en cuir aussi. Il se dégourdit les jambes dans le couloir qui sent le tabac. Une jeune femme passe, des gars la sifflent. Un vendeur parcourt les wagons avec son chariot. L'inspecteur lui commande un jambon-beurre, une bouteille d'eau. Puis il demeure dans le couloir, assis sur son sac. Il pense. Il étranglerait bien trois militaires qui braillent, mais il ne le fait pas. Il est aux aguets jusqu'à la gare de Lyon.

Au terminus, il suit la cadence des voyageurs qui se bousculent. Ils courent vers leurs métros, les taxis. Lui pousse son vélo. Une hôtesse lui indique la salle des consignes de la gare de Lyon. Quand il y est seul, il insère une pièce, dépose ses lingots, choisit un code. 161019, la date de naissance de Rachel Schwarz. Il le lui a souhaité en octobre 1944 pour la première et la dernière fois. Oui, le 16 octobre 1944, il a apporté du vin blanc et lui a offert des sous-vêtements. Sur ce, il vérifie que la porte du casier est verrouillée, sort de la gare et, sur le parvis, c'est la nuit, Paris, un point de lumière sur la Terre.

Il y a passé un an, c'était en 1926, il avait terminé ses études de lettres. Il vivait dans une chambre de bonne derrière la basilique du Sacré-Cœur. Il a travaillé pour un éditeur qui lui payait ses traductions au feuillet. C'était un boulot de chien, mais il a progressé. Après, il maîtrisait la langue, mieux que la plupart des Français.

L'inspecteur pédale dans la rue de Lyon, tombe sur la place Bastille, les terrasses de bars, les lampions jaunes. Son regard part en haut de la colonne qui s'oxyde vert-bleu. Il coupe la route à une Citroën 2 CV. Le tintement de son avertisseur est un murmure qui se noie dans les vrombissements de moteurs. Puis l'inspecteur s'engage dans le boulevard Beaumarchais, pédale, pédale. Dans le paysage, il dénote : on dirait un marchand ambulant déterré de Transylvanie. Sa barbe a désormais une semaine, ses chaussures sont crottées, sa redingote mouchetée de boue, son pantalon est blanchi par l'eau des montagnes. L'air suinte, pue. En lisant le panneau de la rue des Filles-du-Calvaire, il sait qu'il la trouvera, c'est un signe.

L'inspecteur passe la longue place de la République, parvient au pied de la butte Montmartre. Le *Trianon* se vide, les spectateurs débordent des trottoirs, on y annonce en façade l'opérette, la comédie, le vaudeville, le drame. Il pédale, pédale, pédale encore et c'est le boulevard de Clichy, le cinéma *Atlas*, les films pornographiques. Ça boit, ça braille jusqu'à la place Pigalle. Ici, les néons clignotent, *Folies Pigalle*, cinéma *Pigalle*, cabaret *Sphinx*, revue Floor Show, « Les nus les plus osés du monde ! ». Des filles aguichent autour de la fontaine. Les hommes les reluquent. Ils s'enfilent dans les rues, bras dessus, bras dessous, vers les hôtels de passe. C'est que demain, c'est lundi, on vient boire et baiser pour oublier les semaines. Voilà l'état d'esprit du gros de la population, sans génie, et qui n'a pas gagné la guerre comme on le dit. La France s'est fait rosser devant des Allemands résolus et a comme toujours profité des constellations militaires qui lui étaient favorables. Il contourne la fontaine, prend la rue Pigalle à contresens, monte sur le trottoir pour passer une voiture américaine. Trois gars sont plantés devant, vestons ouverts, armes au poing. C'est une grosse Ford Mercury et ce sont des lardons, seize, dix-sept ans maximum. L'un hurle :

— Dégage, toi !

L'inspecteur stoppe rue La Bruyère. Il se fait vider du premier hôtel, descend cinquante mètres. Il passe sous un porche, entre dans un autre hall qui sent le poisson. Là, une bonne femme le lorgne. Elle lui donne le tarif horaire. Il dit :

— Je vais rester quelques jours.

Elle l'examine. La bouche tordue, elle doit penser que c'est un détraqué. Chez elle, on ne vient jamais seul et plus de deux heures. Il dégrafe sa redingote, sa veste. Elle distingue le Luger quand il place 2 000 francs sur la banque. Évidemment, elle a une chambre et il peut monter son vélo. Dans la vie, tout a un prix.

## Perchée aux flancs de Paname

L'inspecteur interroge des filles. Il entre dans des cabarets. Il distribue des billets. *Le Savoy*, *Le Grand Jeu*, *Le Cancan*, *Au gay relais*, *Le Grand Duc*, *La Lune rousse*, *Le Caprice viennois*, *Le Château caucasien*, *Romance* : les noms sont plus ronflants les uns que les autres. On dirait des titres de romans de gare. C'est le grand concours national de poésie, le sexe à ciel ouvert, un baisodrome qui tourne vingt-quatre heures sur vingt-quatre, Sodome perchée aux flancs de Paname. Il quadrille le quartier, bouge après bouge, hôtel de passe après hôtel de passe. Sa tournée dure deux jours et une nuit. Personne n'a jamais entendu parlé de Suzanne Roustan ni de Rachel Schwarz. Le vice n'a pas de mémoire. Les filles sont camées. Elles sentent l'alcool dès le matin.

La deuxième nuit, il est suivi par trois types aux faces tièdes, des maquereaux de pacotille qui épient, reniflent le pigeon.

L'inspecteur attend que le plus petit prenne son quart, se faufile dans un immeuble et patiente dans la pénombre. Lorsque le type pénètre dans le hall, il lui assène un coup de crosse sur la nuque et l'autre s'effondre. Il le fouille, récupère un cran d'arrêt dans la poche de sa veste en cuir. Il lui donnerait vingt-cinq ans. Étonnamment, il n'est pas plus armé que ça. Il l'assoit sur une marche et lui administre quelques gifles qui le réveillent. Quand il sort du brouillard, le type bafouille. Il le règle :

— Tais-toi et écoute bien. Tu vas aller trouver ton chef et lui dire que je cherche une certaine Suzanne Roustan. Elle travaillait ici pendant la guerre. Tu lui dis que je paie en or. Tu as compris ?

L'autre hoche la tête, furieusement. Alors l'inspecteur le redresse et place le canon sous son nez.

— Suzanne Roustan ! Si tu ne le fais pas, je te retrouve et je te grille la cervelle.

Il l'attrape par le col et le jette dehors. Le type dévale la rue.

Quand l'ombre a disparu, l'inspecteur remonte jusqu'au cimetière de Montmartre, contourne le mur d'enceinte par le sud. Il l'escalade et marche au milieu des tombes. Il parcourt les allées, déchiffre les patronymes. Il cherche un signe. Il n'y en a aucun. Pourtant, les prostituées ont une espérance de vie limitée. Elles meurent de la syphilis ou de la tuberculose. Le renouvellement du cheptel obéit à une règle triennale. Elles ne se réparent pas comme des machines-outils : il faut les changer.

L'inspecteur retourne à sa piaule. Elle a été visitée. Ses vêtements sont répandus sur le sol, ses sacoches ont été éventrées, son matériel éparpillé. Sa boîte à chimie a été retournée, les fioles de cyanure sont intactes. Il aurait dû prendre le médaillon, il perd les pédales. Il erre depuis deux jours dans Pigalle et ça ne sert à rien. Il pourrait continuer des mois.

Son coffret est pourtant sous le lit. Mais le couvercle est tordu. Il cherche, retourne les draps, le matelas. Il distribue des coups de pied dans l'air, les vêtements. C'est la furie. Et il les voit : la chaîne et le médaillon ont glissé sous une plainte. Il les ramasse, embrasse le médaillon, l'ouvre, il y a Rachel qui le regarde. Puis il quitte sa veste, sa chemise. Il file sur le palier, va aux toilettes. Ce sont des W-C à la turque. Il fait glisser le couvercle du réservoir d'eau, se met sur la pointe des pieds. Il plonge l'avant-bras et farfouille. Il attrape une bourse et dénoue le lien. Elle contient toujours trente-trois pièces de 20 marks-or, année 1903. Sous la loupiotte, les pièces brillent.

L'inspecteur installe sa prière, la bougie, le médaillon. Il s'agenouille, ferme les yeux. Il serre la besace dans sa main gauche, son semi-automatique dans l'autre. Inévitablement, il pleure. Par la fenêtre close, le décor de la rue s'immisce, les bris de verre, des insultes, l'air aqueux. La musique monte les façades, avec la fumée de cigarette et les vapeurs d'égout. Il reconnaît la mélodie. Il n'écoute pas les paroles en français. Il ne connaît pas Ninon Vallin. Il ne connaît que Richard Wagner. Wagner est grand. Wagner est supérieur. Mais Ninon Vallin chante. Ça vient de la rue et ça monte. Elle chante en français et il entend en allemand. Il entend en allemand et comprend en français :

*Einsam in trüben Tagen*
*hab' ich zu Gott gefleht,*
*des Herzens tiefstes Klagen*
*ergoß ich im Gebet.*
Toute seule, dans les jours sombres,
j'ai supplié le Ciel,

ma prière exprimait
la profonde plainte de mon cœur.

*Da drang aus meinem Stöhnen*
*ein Laut so klagevoll,*
*der zu gewalt'gem Tönen*
*weit in die Lüfte schwoll :*
*ich hört' ihn fernhin hallen,*
*bis kaum mein Ohr er traf ;*
*mein Aug' ist zugefallen,*
*ich sank in süßen Schlaf.*
Mes gémissements devinrent
un cri douloureux,
qui vibra
et enfla au loin dans l'espace :
j'entendis résonner ce cri dans l'air,
aussi loin que mon oreille put encore l'entendre,
mes yeux se fermèrent alors,
et je tombai dans un doux sommeil[1].

*Wie sonderbar ! Träumt sie ? Ist sie entrückt ?*
Très étrange ! Rêve-t-elle ? Délire-t-elle ?

*Elsa, verteid'ge dich vor dem Gericht !*
Elsa, défends-toi face à la justice !

*In Lichter Waffen Scheine*
*ein Ritter nahte da,*

1. Le « Rêve d'Elsa », extrait de l'opéra de Richard Wagner *Lohengrin* (I, 3) ; la célèbre cantatrice Ninon Vallin (1886-1962) l'a chanté en français sous le titre « Seule dans ma misère ».

*so tugendlicher Reine*
*ich keinen noch ersah :*
*ein golden Horn zur Hüften,*
*gelehnet auf sein Schwert,*
*so trat er aus den Lüften*
*zu mir, der Recke wert ;*
*mit züchtigem Gebaren*
*gab Tröstung er mir ein ;*
*des Ritters will ich wahren,*
*er soll mein Streiter sein !*
Un chevalier s'approchait,
brillant de l'éclat de ses armes,
je n'avais jamais vu
une vertu si pure :
à sa taille pendait un cor en or ;
il s'appuyait sur son épée.
Le vaillant héros vint à moi,
traversant les airs ;
avec des gestes chastes,
il me consola ;
je veux que ce soit ce chevalier qui me défende,
c'est lui qui doit être mon champion !

*Bewahre uns des Himmels Huld,*
*daß klar wir sehen, wer hier schuld !*
Que la grâce du Ciel nous garde,
que nous voyions clairement qui ici est criminel !

Wagner est éternel et il prie.

Le lendemain, l'inspecteur se réveille à 10 heures. Il est étendu sur son lit. Il ne se souvient plus de la nuit.

Il se douche, se change, rafistole ses sacoches. Il attache la chaîne autour de son cou, le médaillon se colle à sa peau. Il flâne dans les ruelles de Pigalle mais n'interroge plus personne. Il attend qu'on vienne le chercher.

Il a faim, aussi. Il mange un soufflé au fromage et du chou farci dans un café de la rue Blanche. Au dessert – du riz au lait –, une grande voiture se gare devant. Le véhicule est blanc. C'est une limousine de cinq mètres de long. L'un des trois gars de la veille en descend et entre dans le bar. Il lui demande de l'accompagner. Le gars fait aussi signe à la propriétaire qui acquiesce. Donc, l'inspecteur ne règle pas et le suit.

Le gars ouvre la portière arrière et tend la main. Ça signifie qu'il veut son arme. L'inspecteur la dégaine et la lui confie. Le gars le fouille, tapote ses poches, se baisse jusqu'aux chevilles. Puis l'inspecteur monte sur la banquette arrière. C'est comme un salon standing et une femme est assise face à lui, dos à la route. Elle jette un œil par-dessus son épaule et ferme le compartiment vitré. Elle place une cigarette toute blanche au bout d'un tube en ivoire. Elle demande :

— Avez-vous du feu ?

L'inspecteur sort son briquet. Elle se penche vers lui et il flambe le bout de la cigarette. Là, elle entrouvre une vitre. Il sent les effluves de parfum et de fard à joues, ignore le décolleté de la robe en strass.

— Cher ami, vous êtes chez moi. Vous ne pouvez donc pas mettre le bazar sans une autorisation. Encore moins distribuer de l'argent. Ici, l'argent, on ne le donne pas, on le prélève.

— Et pourquoi suis-je dans votre voiture ?

— Parce que vous y êtes monté.

— C'est exact.

— On m'a fait dire que vous cherchiez une certaine Suzanne Roustan et que vous payiez en or.

— Vous êtes bien informée.

— Vous avez de la chance d'être encore en vie. Votre comportement est suicidaire.

L'inspecteur soutient son regard, elle glousse et souffle la fumée vers la vitre. Elle cogne la paroi deux fois et le véhicule démarre.

— Suzanne Roustan est morte.

— Mais…

Elle le coupe :

— Il n'y a pas de « mais ». Elle est morte d'une overdose et vous avez ma parole. Quant à Rachel Schwarz, puisque vous avez donné son nom à une centaine de personnes, elle a été raflée début 44 et déportée. En mars 44. Vous ne la trouverez pas non plus.

— Vous les connaissiez ?

— Non. Mais vous êtes chez moi, vous dis-je.

— Il me faudrait plus d'informations.

— Vous allez quitter le quartier ?

— Écoutez, je…

Elle le coupe de nouveau :

— Vous êtes un homme charmant. Mal rasé et habillé hors du temps. Vous venez peut-être de province et vous ne m'avez pas l'air bien méchant. Vous agissez sans doute pour des motifs personnels. La seule chose que je peux vous dire est qu'elles travaillaient toutes les deux pour un vieux monsieur, qu'elles sont mortes et lui aussi.

— Comment ça ?

— Suzanne Roustan a fait une overdose. Quant à Bouche molle, on ne revient pas d'où elle est allée.

L'inspecteur ne répond pas. Elle ajoute :

— C'était le surnom de Rachel Schwarz dans le quartier. Elle avait sa petite réputation.

Si l'inspecteur avait son pistolet, il lui ferait sauter le caisson. Là, il serre les poings.

— C'était votre sœur ?

Il répond du tac au tac :

— Peu importe.

— Les filles sont souvent de bonnes personnes. On dit qu'elles sont là par des accidents de la vie. Mais leur vie ne serait pas meilleure qu'ici. Je suis désolée si l'une était de votre famille.

L'inspecteur encaisse, se mange l'intérieur des lèvres.

— Ça m'embêterait de devoir vous tuer. Vous êtes sympathique et à côté de vos pompes. Bref, vous n'y changerez rien. Elles travaillaient toutes les deux pour Ciccone. Une légende dans le quartier. Il avait des valeurs, faisait à l'ancienne, respectait ses filles. Certains ont été fusillés juste après la guerre pour avoir fricoté de trop près avec les Fritz. Pas Ciccone. J'étais à son enterrement. Maintenant, tout le monde est mort. Et les méthodes ont changé. Le temps de Ciccone est terminé. Donc, soit vous partez, soit je vous liquide. Et je n'ai aucune envie d'avoir votre mort sur les bras.

L'inspecteur glisse une main sous sa redingote, sort sa bourse, dénoue le lien. La femme tapote la paroi vitrée et le véhicule s'immobilise.

— Chez moi, je décide qui y vit et qui y meurt. Gardez votre or.

Il replace sa bourse, la salue d'un hochement de tête. Il sort et claque la portière.

## Chantent mes souvenirs

L'inspecteur passe la nuit dans la salle des consignes de la gare de Lyon, assis sur un banc, son sac à dos sous ses pieds, le vélo contre les casiers métalliques. Il a une fiole de cyanure dans la main et observe la porte du casier 51. Cinquante et un, comme son âge. Des hommes entrent avec des attachés-cases, ressortent avec leurs bagages, le reluquent. Ils sont pressés. Sauf un qui se penche : il lui fait l'aumône.

Des affiches promotionnelles sont encadrées et suspendues aux murs sable. Ses yeux traînent sur chacune d'elles puis se figent sur le Christ rédempteur qui ouvre ses bras blancs sur le pain de sucre et la baie de Rio de Janeiro. Sur l'affiche, il lit : L'AMÉRIQUE DU SUD, PAR CLIPPER. Simultanément, il voit : le Christ, les replis de la sainte tunique, la tête penchée qui inspire le pardon, un dégradé de turquoise et de soleil. Un gros porteur y vole comme un oiseau.

Ensuite, il lit : PAN AMERICAN WORLD AIRWAYS, LA COMPAGNIE AÉRIENNE LA PLUS SÛRE DU MONDE. C'est un appel. Le ciel lui intime l'ordre de prendre son or et de partir. Là-bas : en Argentine, au Paraguay, au Chili, au Brésil. Il apprendra la langue, on l'appellera Pedro. Une autre option est d'avaler le cyanure et d'en finir.

Mais ses souvenirs chantent, l'inspecteur absorbe deux Pervitin et un demi-litre d'eau. Après, le monde devient rapide et flou. Il pédale, descend les quais de Seine, traverse par le pont Marie, prend la rue Saint-Louis-en-l'Île jusqu'au pont de l'île de la Cité. Il traverse l'esplanade de l'Hôtel de Ville. La foule dérive du Châtelet, pénètre dans les bouches de métro, des corps sans tête et dératés.

C'est à cet instant qu'il percute une forme. Le choc est violent. Il passe par-dessus le guidon, culbute, ses pieds montent en arc de cercle. Il frappe le sol. À cause du sac, il rebondit. Autour de lui, on s'affaire. Il imagine des faces hurlantes, mais il n'entend rien. On le relève. Sur le côté, une carriole est renversée, un marchand de journaux ramasse sa cargaison. C'est flou. Il ne distingue que la grande porte en bois de la mairie, les drapeaux tricolores, les cocardes et les lauriers de la République. Il ne remarque pas l'édition du *Parisien libéré* au sol, le bandeau CETTE SEMAINE en bas de page. Et les titres annoncent : LE BRACONNIER D'ORBIGNY QUI TUA LE CULTIVATEUR AVAIT CRU, DIT-IL, TIRER SUR UNE BICHE. Ils annoncent : L'ASSASSIN SE FAIT PASSER POUR UN INSPECTEUR DE POLICE DEPUIS TROIS ANS – REPÉRÉ À LA GARE DE LYON. En une, il y a un portrait-robot. Somme toute, le portrait lui ressemble, mais il ne le voit pas. Pourtant, le faux inspecteur se défait des étreintes, remonte sur son vélo et fend l'attroupement qui l'encercle.

Il ne sait pas où il va, ni pourquoi. Suzanne Roustan est morte. Il pourrait vérifier, mais il sait qu'elle est morte. Rachel Schwarz a fui la ferme de Peyrambert avec sa fille il y a plus d'un mois. Il n'a aucune piste. Elle va lui échapper. Encore, et cette fois pour toujours.

L'inspecteur se pose sur un banc, trouve le calme. Il ne calcule pas vraiment. C'est mécanique. À moins que ce ne soient les drapeaux de la mairie. Le tricolore et le rêve d'Elsa. La mairie, Elsa. Les mots se succèdent et se répètent : Elsa, mairie ; Elsa, mairie ; Elsa, mairie…

Rachel Schwarz était prostituée à Pigalle. Sa fille y est sans doute née avant que Suzanne Roustan la confie à la congrégation des sœurs de Notre-Dame-de-Sion. C'est pour cette raison que l'inspecteur n'a trouvé aucune trace d'elle. Il a examiné tous les registres de naissance à Lyon et à Grenoble des années 1939, 1940 et 1941.

Mais Lyon était une impasse. Et Grenoble, un cul-de-sac. Rachel a forcément besoin de papiers. Si Elsa Schwarz est née à Paris et que Rachel ait besoin de papiers d'identité pour sa fille, il lui faut nécessairement un acte de naissance.

L'inspecteur remonte sur son vélo et fonce. La mairie du 9e arrondissement est tout à côté. Il pénètre dans la cour, se rend à l'accueil, brandit sa carte de police, demande qu'on surveille son vélo. L'état civil est au rez-de-chaussée. Il passe une queue de neuf personnes, interrompt un monsieur âgé. Derrière la banque, l'agent municipal lui lance un méchant regard. La carte de police le calme et l'inspecteur demande à voir le responsable. La dame consent à décrocher son combiné téléphonique, lui dit de patienter.

Quand le responsable débarque, c'est une femme. Elle est apprêtée bourgeoise, tailleur-jupe, foulard. La carte de police ne l'intimide pas. Il prétend que c'est une question de vie ou de mort. Cependant, elle est incrédule, à cause de son accoutrement, de son odeur de gitan. Alors il dégaine. La responsable lève les mains au-dessus des épaules, hurle. Il a maintenant onze paires d'yeux collés sur lui. Mais ça ne l'arrête pas. Il agrippe la responsable par le bras, la traîne jusqu'au comptoir. Il n'a pas besoin de pousser un monsieur âgé qui recule, abasourdi. La responsable bafouille :

— Marie, sortez le registre des demandes de carte d'identité.

L'inspecteur hurle :

— Elsa Schwarz, née en 1940. Demande formulée par sa mère, Rachel Schwarz, sans doute durant les quinze derniers jours.

La dame de l'accueil procède à la règle, ligne après ligne. Elle dit :

— Schwarz, Schwarz…

Et tout à coup, elle trouve :

— Elsa Schwarz. La carte a été établie et envoyée par nos services en fin de semaine dernière.

— Où ça ? Donnez-moi l'adresse !

La dame de l'accueil a finalement plus d'aplomb que sa supérieure hiérarchique. Elle distribue à l'inspecteur un regard par-dessus, dédaigneuse. La responsable aboie :

— L'adresse, Marie, l'adresse !

La dame de l'accueil sourit d'abord. Puis elle dit :

— Rachel Schwarz, 44, rue de la Victoire. Elle est domiciliée à la synagogue.

L'inspecteur lâche la responsable.

— C'est loin d'ici ?

À cet instant, le monsieur âgé clopine et il intervient :

— À cinq cents mètres, juste avant la rue de Châteaudun. Mais ce ne sont pas des façons de parler à des dames !

L'inspecteur le fixe. Le grand-père est à pied d'œuvre, prêt à se battre. Mais l'inspecteur n'a pas le temps, il court déjà.

## Et m'enterrer là-haut dans les montagnes

L'inspecteur passe les grilles de la synagogue, puis la voûte centrale. En face, la porte principale est fermée. Il regarde à droite, il y a un escalier, deux portes, des écrits israélites. Un homme sort de la conciergerie, descend une marche. Il est grand, chemise à rayures, pantalon en flanelle. Il porte des lunettes et une kippa.

— L'entrée pour l'office de Minha se fera par le 17, rue Saint-Georges. Mais vous avez une heure et demie d'avance et vous ne pourrez pas garer votre vélo.

L'inspecteur réplique :

— Je dois m'entretenir avec le grand rabbin de toute urgence.

L'homme doit comprendre qu'il a affaire à un goy, il change de ton.

— Il faudra venir demain, alors. Et je ne peux pas vous garantir d'audience.

L'inspecteur cale son vélo sur un pilier de l'entrée sous le regard interdit du concierge. Il sort sa carte de police.

— Inspecteur Michel, brigade criminelle. C'est une question de vie ou de mort.

— Mais, monsieur, il n'est pas…

L'inspecteur le coupe, hausse le ton :

— Ne perdez pas votre temps en palabres. Allez l'informer de ma présence.

L'homme descend les deux dernières marches. Il lui réclame la carte de police. L'inspecteur la lui donne. Le concierge l'inspecte, sceptique. *A priori*, il n'aime pas la police française.

L'inspecteur patiente dans une minuscule pièce où deux bancs se font face, comme une antichambre. Il fouille dans son sac. Il dégote l'étui de son arme de rechange, un Walther PPK[1]. Il l'ouvre, saisit l'arme et introduit le canon court dans son slip. Il ajuste la crosse sous sa ceinture. Enfin, il s'assoit.

Dix minutes plus tard, il est toujours seul. Alors, il quitte l'antichambre, descend les marches et pousse la porte principale de la synagogue. Il pénètre dans le vestibule. Trois mètres plus loin, des doubles portes en bois brun, vitrées. Il avance, entrouvre un battant. Il a un mouvement de recul. C'est la pièce principale, il ne sait pas comment les juifs appellent ça, peut-être le sanctuaire, la grande salle des prières. Des lustres pendent, ils éblouissent les grandes arches, jusqu'à l'étage. Au fond, sous le dôme, le candélabre est surélevé et les vitraux encerclent les étoiles de David. Une lumière les traverse, devenant rose. C'est là qu'une main se pose sur son épaule. L'inspecteur sursaute. Ce n'est pas le concierge, mais un homme râblé en costume et cravate. Son teint est entre deux, commun aux gens de la Méditerranée orientale. Il porte lui aussi

1. PPK : *Polizeipistole Kriminal*, pistolet semi-automatique immortalisé dans *James Bond 007 contre Dr No*.

la kippa. Il salue l'inspecteur d'un hochement de tête. Il ordonne :

— Je vous prie de bien vouloir me suivre.

L'homme ne le conduit pas au rabbin. Il sort du bâtiment, retourne à l'antichambre. Il précède l'inspecteur, s'immobilise devant la porte et ouvre la main pour qu'il entre. Puis il s'assoit sur un banc et place ses avant-bras sur ses cuisses. L'inspecteur l'imite, à la symétrique. Sauf qu'il y a son vélo, ses sacoches ficelées, son gros sac à dos. Il n'est qu'un vagabond qui demande de l'aide. L'homme tend sa carte de police à l'inspecteur.

— Je recherche une femme. Une femme et sa fille.

L'inspecteur replace sa carte dans la poche intérieure de sa veste. L'homme ne rate aucun de ses mouvements.

— Elles sont toutes les deux domiciliées ici d'après la mairie du 9e arrondissement.

— Vous voulez dire que les pouvoirs publics fichent les juifs ?

L'inspecteur ne sait pas si c'est du lard ou du cochon. L'homme se lève, fixe l'inspecteur un temps puis lâche :

— Vous ne vous y prenez pas de la meilleure manière. Revenez demain et demandez une audience.

L'inspecteur passe la main sous sa redingote. Il n'a pas le temps d'atteindre son Luger : une paume le frappe au menton et une manchette s'abat sur son trapèze. Manifestement, l'homme est un garde du corps ou un militaire. L'inspecteur est sonné. Puis il se frotte l'épaule. L'homme a la garde haute, il est prêt à le terminer.

— Si Rachel Schwarz est ici, je dois la voir immédiatement. Cette affaire vous dépasse, bien au-delà de votre imagination.

L'homme est simplement concentré, même pas méchant.

— Maintenant, je vais vous donner mon arme.

L'inspecteur attrape la crosse de son pistolet entre son pouce et son index. Il tend le pistolet à l'homme qui ne cille pas. L'inspecteur ajoute :

— Mlle Schwarz détient des informations de la plus haute importance sur un haut dignitaire nazi. Il est de votre responsabilité de m'obéir. Conduisez-moi immédiatement auprès de M. le rabbin.

— La police française cherche un nazi ?

— Je ne peux m'en ouvrir qu'auprès de M. le rabbin. Je cherche un criminel nazi. Vous avez compris, cette fois ?

L'homme saisit le Luger, hésite. Il fait signe à l'inspecteur de le suivre. Il le précède dans une galerie qui donne sur un préau. L'inspecteur repère une porte qui doit donner sur l'extérieur.

Le rabbin Moshe Rozenkopf est assis derrière une pile de livres posée sur un guéridon. Il lit un rouleau, le papier est doré. C'est un homme d'une cinquantaine d'années, svelte, dégarni. Il porte un costume gris, une chemise claire et une cravate rouge, ainsi que des lunettes rondes et une kippa noire. Il ne lève pas le nez. La porte se referme, l'inspecteur attend. Et le rabbin dit d'une voix douce :

— Asseyez-vous.

L'inspecteur n'a toujours pas croisé son regard. La seule chaise disponible est contre un mur, l'inspecteur prend place. Il observe la carafe d'eau sur le bureau, les rouleaux, puis les yeux du religieux qui vont de droite à gauche.

À un moment, le rabbin cesse et, enfin, il relève le menton et sourit. Peut-être sourit-il réellement bien que la remontée de ses pommettes ressemble à un rictus.

Pour autant, il ne parle toujours pas. Il place une main sur la table et la caresse avec l'autre. Ses doigts glissent entre ses phalanges, comme s'il se tenait lui-même. Son sourire ne quitte pas ses lèvres lorsqu'il demande :

— Que nous vaut votre intrusion parmi nous ?

L'inspecteur se racle la gorge, rend le sourire.

— Je cherche Rachel Schwarz.

Le rabbin est avenant dans ses gestes, mais l'inspecteur le voit retors. D'instinct, il le hait. D'ailleurs, le rabbin dit :

— Inspecteur Michel, je ne comprends pas le sens de votre affirmation, en tout cas, pas complètement.

— Rachel et Elsa Schwarz sont domiciliées ici, à la synagogue. Rachel Schwarz était du convoi 69 parti de Drancy le 17 mars 1944, direction Auschwitz.

Le rabbin reste silencieux. Ça dure quatre secondes. L'inspecteur relance :

— Je suis à sa recherche depuis six ans. Mlle Schwarz détient des informations d'une grande importance.

— Vous êtes trop nébuleux pour que notre échange soit fécond.

— Je suis sur les traces d'un officier allemand. Le responsable du *Sonderbau*[1].

Les sourcils du rabbin se dressent sur son front, par-dessus la monture métallique de ses lunettes.

— C'est-à-dire ?

— L'un des responsables du camp d'Auschwitz.

— Mais les coupables ont été jugés.

— Rudolf Höss[2] a été pendu en avril 1947, mais mon homme, lui, est libre.

1. Littéralement : « bâtiment spécial ».
2. Commandant d'Auschwitz.

— Quel est le nom de cet officier ?

L'inspecteur réfléchit. Il tapote sa cuisse, dit :

— Cette information est strictement confidentielle.

— Son nom ?

L'inspecteur lâche avec un accent soudain :

— *Obersturmführer*[1] Peter Beulig, *Schutzstaffel*[2].

— Peter Beulig ?

— Oui.

— Quelle était sa fonction exacte ?

— Responsable du *Sonderbau*. À partir de février 1944...

— Mais...

L'inspecteur le coupe :

— Je n'ai pas de temps à perdre. Où est Rachel Schwarz ?

— Qu'est-ce que le *Sonderbau* ?

— Le *Sonderbau* était le bordel d'Auschwitz, monsieur. Donc, soit vous désirez que cette fabuleuse idée de Himmler fasse la une de la presse mondiale, soit vous me dites où elle est, avec sa fille. Dans le cas contraire, vous devrez m'enterrer là-haut dans les montagnes.

Le rabbin ferme les yeux, porte les mains à son front, il marmonne, la voix chevrotante :

— Mais que dites-vous ?! Taisez-vous, taisez-vous...

— Le premier bordel a été installé à Mauthausen dès 1942. Auschwitz en a été doté en juin 1943. Il s'agissait de répondre à un problème de productivité et de récompenser les prisonniers méritants.

1. Grade paramilitaire du parti nazi.
2. Abréviation : SS.

— Taisez-vous, taisez-vous…

— Rachel Schwarz sait où se cache Peter Beulig. Dites-moi où elle est.

Le rabbin place les mains devant sa bouche. Des larmes lui montent, il est blanc comme du sucre. Il ne contrôle pas ses paroles, il dit :

— Mais elle est au Havre, son paquebot a déjà dû partir…

— Comment ça, au Havre ?

— Elle est arrivée chez nous il y a un mois et nous a demandé de l'aide. Elle était avec sa fille. Elle n'avait rien, pas d'argent… Elle part du Havre pour les États-Unis, rejoindre sa famille. Nous lui avons avancé le prix du voyage. Mais comment pourrait-elle vous aider à trouver ce criminel ? Vous n'allez pas lui faire de mal, au moins ?

— Non. Et cela ne vous concerne pas. Vous connaissez l'horaire du paquebot ?

— Mais, je ne me suis pas occupé des détails, inspecteur… Nathanaël doit savoir, lui.

— Qui est Nathanaël ?

— La personne qui vous a conduit à moi.

Il y a du raffut dans la galerie, des pas, des cris. L'inspecteur se lève, glisse la main sous la ceinture de son pantalon. Il sort son Walther PPK et braque le petit semi-automatique sur le rabbin. Il contourne le bureau, arrive au guéridon. Il cale le canon sur la tempe du rabbin et lui fait une clef de cou. La kippa vole, les rouleaux dégringolent sur les dalles. La porte du cabinet s'ouvre. Nathanaël entre. L'inspecteur hurle :

— Ne bouge pas !

L'inspecteur soulève le rabbin, en fait son bouclier. Nathanaël dit :

— Nous avons appelé la brigade criminelle de Lyon. Vous n'êtes pas inspecteur ! Vous êtes recherché ! Laissez le rabbin, maintenant !

L'inspecteur fait trois pas chassés, le rabbin toujours collé à lui, le canon appuyé sur son oreille. Il hurle :

— Je suis mandaté pour trouver un criminel. Laissez-moi passer !

Les mots du rabbin sont saccadés :

— Ne… le… laissez… pas… partir.

L'inspecteur serre plus fort. Le rabbin manque d'oxygène.

— Vous voulez qu'un officier nazi termine sa vie en Argentine, libre comme l'air ? C'est ça, que vous voulez ?

Nathanaël dit :

— La police arrive, la synagogue est cernée !

L'inspecteur avance. Nathanaël ouvre le passage, le concierge recule. L'inspecteur sort de la pièce, pivote, marche à reculons, le rabbin gémit. Il le traîne dans la galerie couverte. Ça hurle, sûrement en hébreu ou en yiddish.

L'inspecteur passe le préau et entrevoit deux silhouettes, des hommes en imperméable accourent. L'inspecteur parvient à la porte, il l'ouvre. C'est la rue. Des sirènes de police retentissent, elles viennent de loin. Il sort, bouscule un piéton, contrôle à gauche et à droite. Il jette le rabbin sous le préau. Le rabbin se tient la gorge, bave.

La rue Saint-Georges donne sur un boulevard à dix mètres. L'inspecteur court. Quand il tourne à l'angle de la rue de Châteaudun, un coup de feu claque. Trois femmes se protègent le visage, un homme se colle contre une façade d'immeuble.

L'inspecteur déboule, atteint la rue de Châteaudun. Il court, entend des pas derrière lui : les deux hommes le poursuivent, arme au poing. Ce sont des policiers, il a une vraie chance de perdre. Alors il accélère, deux, dix, vingt, trente, cent mètres. Il ne ressent pas la fatigue. Les méthamphétamines font encore effet. Il traverse la rue, et il ne voit qu'un homme, à une trentaine de mètres. Il accélère encore, puis se glisse entre deux véhicules stationnés. Il se cale contre une estafette, les pas ralentissent. Il arme et tire deux coups. Un des hommes en imperméable s'effondre au milieu de la rue, il l'a touché au ventre. Il ne voit pas l'autre policier.

L'inspecteur fonce en direction d'une église, repère un café, la station de métro. Il dévale l'escalier, dissimule son arme dans la poche de sa redingote. Il court dans le tunnel, percute une femme. Il pivote à 360°, retrouve l'équilibre sur le mur de carrelage blanc. Dans son élan, les faïences jaune-brun forment des traînées qui le guident. Il allonge les foulées.

Une rame est à quai. Il saute par-dessus la barrière devant la guérite du poinçonneur. Le premier signal sonore retentit. Les portes vont se fermer. Plus que trois mètres, c'est le deuxième signal. Il saute dans le dernier wagon. L'inspecteur reprend son souffle. La rame est à moitié vide. Personne ne semble le remarquer. Le métro démarre. Le deuxième policier apparaît, il court sur le quai. L'inspecteur l'observe par la double porte, immobile. Le policier passe sous l'écriteau NOTRE-DAME-DE-LORETTE. C'est là que la rame de la ligne 12 s'engouffre dans le noir.

# Au rythme d'un tango

À 18 h 27, l'inspecteur sort du salon du barbier de la rue de Charonne et contrôle l'heure à sa montre-bracelet. Quelques minutes plus tôt, il a emprunté au commerçant une paire de ciseaux et une pince à épiler pour retirer les points de suture de son mollet. Surtout, il est prêt : son crâne est glabre et il a maintenant une moustache, la même qu'avant. Préalablement, il a trouvé une boutique derrière Montparnasse. Il est habillé à l'américaine : pantalon en toile rouge, chemise blanche, cravate bleue, chapeau, blouson en cuir brun et zippé. Son Walther PPK est glissé dans sa ceinture, dans le dos, sa bourse est dans la poche intérieure de son blouson, avec son portefeuille et 20 000 francs en billets.

Il lui reste cinq balles de neuf millimètres dans son chargeur. Son couteau de l'armée belge est dans une poche latérale de son blouson et son médaillon à son cou. Il porte des gants de golfeur et tient son casque de cycliste ainsi que ses lunettes d'aviateur à la main. Il aurait pu s'en débarrasser, mais il les a gardés. En revanche, il a jeté sa carte de police sur un quai de la gare Montparnasse.

Il se rend à pied jusqu'à la gare de Lyon, achète un baise-en-ville dans une boutique et entre dans la salle des consignes. Il compose le code 161019 sur le casier 51, ouvre la porte métallique et récupère ses cinq lingots d'or. Il les range dans la besace avec son casque en cuir et ses lunettes. Puis il se rend au tabac et achète un paquet de cigarettes. Comme il ne sait pas quoi choisir, il prend des Craven A. En partant, il passe devant un présentoir à journaux. Il n'y prête pas attention, mais son portrait-robot est en une de trois titres. L'homme recherché par la police est doucement barbu, avec une raie sur le côté mal peignée. Toutes choses égales par ailleurs, le portrait ne lui ressemble plus. Ensuite, il fait la queue à un guichet et consulte les horaires de trains pour Le Havre. Il y a un départ dans une heure de Saint-Lazare. Il se ravise et n'achète pas de billet. Il sort sur le parvis et allume une blonde. Il se remplit les poumons. C'est comme s'il ne s'était jamais arrêté de fumer.

Étrangement, il est calme. Il franchit la Seine à pied par le pont d'Austerlitz pendant que le soir arrive. Les véhicules filent sur le quai : voitures, camionnettes, camions, bus, motocyclettes. Il s'assoit sur un muret. Il observe une Moto Guzzi rouge, arrêtée au feu tricolore. Il place alors son chapeau dans son sac, enfile son casque en cuir et ses lunettes d'aviateur. Il introduit le Walther PPK dans la poche latérale de son blouson mais garde la main sur la crosse. Brusquement, il se lance : il sort son arme et se jette sur le pilote, par-derrière, lui assène un coup de crosse sur les vertèbres. Le pilote s'écroule sur son guidon puis s'affale sur le bitume. L'inspecteur range son arme dans sa poche, remonte la fermeture Éclair, saute sur la moto. Il part en trombe.

L'inspecteur remonte jusqu'au bassin de la Villette et achète une carte chez un buraliste. Il étudie l'itinéraire pour Le Havre. Il ne choisit pas l'autoroute n° 13. C'est le pire des moyens, sans échappatoire. Il repère la nationale 14 et la longe de l'index : Saint-Denis, Épinay, Cergy ; Cergy, Saint-Clair-sur-Epte ; Saint-Clair-sur-Epte, Rouen ; Rouen, Le Havre. C'est à deux cent cinquante kilomètres. Il calcule le temps nécessaire et mémorise les noms. Il lui faudrait des cachets d'amphétamines, mais il n'en a plus.

Il sort de Paris porte de Clignancourt. À la hauteur de Cergy, c'est la nuit. Il fait le plein à une station-service. Après, la circulation faiblit. Lui file à quatre-vingt-dix kilomètres/heure. Il croise une voiture de gendarmerie à Frenelles-en-Vexin et atteint Rouen peu après minuit. Il s'arrête pour uriner. Il le fait sur un accotement. Il n'a rien mangé depuis le déjeuner. Il a soif. Mais il repart.

Le moteur deux temps hurle sur le troisième rapport. À Tancarville, la moto longe la Seine, ralentit sur la ligne droite parallèle au canal. L'inspecteur imagine des champs dans la plaine, puis la Manche au loin sous les lumières blanches et jaunes qui clignotent. Il n'aperçoit ni le château d'eau au sud ni les convois de marchandises stationnés au port ferroviaire.

C'est l'annonce de la ville, les voies s'élargissent au milieu des monticules de gravats. Il avance parmi les ruines concassées, ratissées, aplanies. Il passe des bassins, mais ce n'est pas encore la vraie mer. Il arrive au quartier Saint-François. Trois grues trimbalent des plaques de béton dans l'obscurité. Des projecteurs allument deux bâtiments jumeaux. Ils sont longs, cinq étages, des rangées de trente fenêtres. Juste après, une tour s'élève. Elle compte déjà huit étages. Une cinquantaine d'hommes assemblent les préfabriqués pour la monter plus haut. Encore après, il y a une place. Deux bulldozers charrient des décombres. Des ouvriers casqués cassent au marteau-piqueur. Deux engins lissent les restes de la guerre. Ils fabriquent des soutènements. L'inspecteur descend le dernier rapport, immobilise la moto et pose les pieds au sol d'une nouvelle ville qui s'élève d'où les bombardements ont rasé l'ancienne[1].

L'inspecteur remonte le tout neuf boulevard François-Ier jusqu'au front de mer. Ses jambes sont engourdies. Cependant, il marche. Ça sent les algues et l'iode, il entend les vagues se casser et monter sur la grève plus loin. Ses chaussures s'enfoncent dans le sable. Quand il arrive, un croissant de lune se reflète sur la Manche et, peut-être bien, jusqu'à lui. Alors il s'accroupit. L'écume lèche ses semelles. Il attrape une poignée de sable mouillé et la broie entre ses doigts. Puis il bascule à la renverse et cherche des étoiles. Ensuite, il ferme les yeux. Et il prie.

Quand le soleil se lève, il est exactement 6 h 16. La moto file le long du quai. Un paquebot est amarré et c'est un transatlantique. Une grue grimpe des marchandises à la proue. À tribord, l'inspecteur distingue des entrepôts, des engins qui s'activent, des empilements de coffres et de bagages. La moto avale les cinq cents derniers mètres, elle suit des rails courbes, passe un chargement ferroviaire, des camions, des chariots.

1. La ville du Havre connaît 117 bombardements durant la Seconde Guerre mondiale. 12 500 immeubles (sur 19 500) sont détruits, ainsi que le port. Le bilan humain y est très lourd : 5 000 morts et 80 000 sinistrés.

L'inspecteur se gare derrière un hangar qui jouxte le bâtiment de la Compagnie générale transatlantique. Il dessangle son baise-en-ville, passe une porte fermée, parvient au portail. Au milieu, il y a trois dockers qui fument autour d'un bidon et se font passer une bouteille. Manifestement, ils en ont terminé de la nuit. Il avance vers eux. Il se renseigne sur le paquebot. C'est un grand blond qui lui répond. L'*America* lève l'ancre à 10 heures pour New York. L'inspecteur apprend aussi que c'est le seul transatlantique de la semaine. Le dernier est parti il y a onze jours et a déjà accosté aux États-Unis. L'inspecteur demande où on peut acheter un billet et le grand blond lui indique que tout est déjà vendu. L'accès lui sera de plus impossible puisqu'il faut passer les douanes. Alors l'inspecteur demande :

— Pourtant, les marchandises passent par ici, non ?

Là, les trois gars se jaugent et le grand blond lance :

— C'est quoi, votre problème ?

L'inspecteur passe une main sous son blouson et les trois hommes sont déjà prêts à se battre. L'inspecteur sort deux liasses de billets, il les montre de la main gauche.

— Je veux juste passer sur le quai. C'est une belle somme à partager en trois.

Le grand blond avance vers lui. L'inspecteur glisse la main droite dans la poche de son blouson et dégaine. Il le braque avec son Walther PPK. Le grand blond se fige.

— Un accès au quai… Ensuite, vous n'entendrez plus jamais parler de moi.

Le plus petit des deux autres, celui qui porte un béret, dit :

— Tu as combien ?

— 20 000.

Il avance, passe le grand blond, ouvre la main. L'inspecteur ajoute :

— La moitié maintenant et l'autre sur le quai.

Il jette une liasse à ses pieds. L'autre la ramasse et compte. Là, le troisième larron s'éloigne vers la sortie. Il court déjà et dit :

— C'est sans moi, les gars. À ce soir !

Le gars au béret sourit. Il fixe l'inspecteur.

— Y a quoi dans ton sac ?

— Rien.

L'échange de regard dure quatre secondes. Le gars au béret tend la liasse au grand blond.

— Surveille ici, je le passe dans la camionnette.

Il ajoute en direction de l'inspecteur :

— Suivez-moi.

## Si tu meurs, que tu sois loin de moi

Il est 7 h 43. L'inspecteur est planqué dans un wagon, derrière des palettes de manutention. La passerelle d'embarquement sort du bâtiment de la compagnie à cinq mètres puis monte sur le pont. À la poupe du paquebot, le drapeau des États-Unis d'Amérique est comme en berne, il n'y a pas de vent. Huit grues sont alignées le long du quai et travaillent.

L'inspecteur compte les hublots incrustés dans la coque bleu nuit. L'*America* doit embarquer au moins un millier de passagers, si ce n'est plus. Ses deux hautes cheminées sont maintenues par des câbles. On dirait qu'elles pourraient sombrer au premier avis de grand frais. Au sol, trois hommes s'affairent pour sangler une Cadillac.

Au moment propice, il saute du wagon, court sur le quai, ouvre la portière et se faufile sur la banquette arrière. Il s'allonge derrière les sièges, sur le dos, ses lingots d'or plaqués contre son ventre. Un quart d'heure plus tard, les dockers donnent leurs instructions, ça craque de partout et il ressent qu'il monte en l'air.

Il attend dix bonnes minutes puis dissimule son baise-en-ville sous le siège passager. Il sort de la Cadillac.

Il fait sombre, des voix résonnent sur la carcasse métallique. Il se colle aux marchandises, aux véhicules, repère un accès. Il dégaine son pistolet, avance et atteint la porte. Il monte un escalier étroit. Ça sent la rouille, le fioul et le sel. Il parvient enfin aux cabines, un long couloir moquetté, des portes. Il se guide au hasard et entend des pas. Il ouvre la porte 342, referme.

Il patiente cinq minutes. Il est désormais 8 h 12. Il reprend son ascension. Il arrive enfin sur un pont de promenade, à bâbord. Il replace son arme dans la poche de son blouson et traverse le pont avant où deux cents chaises longues sont installées. Il se cale derrière le bastingage à tribord.

Les premiers passagers traversent la passerelle à 8 h 31. Huit femmes en uniforme blanc les accueillent. Elles renseignent et remettent des prospectus. Une queue se forme sur la passerelle. L'inspecteur scrute chaque groupe, les couples, chaque personne, bien qu'il ne distingue pas véritablement les visages. Des gens avancent vers lui. Ils se placent à ses côtés, s'allongent sur les chaises longues. Sur le quai, les dockers s'activent sous les aussières qui descendent du paquebot jusqu'aux gros anneaux noirs.

On s'esclaffe de la vue, de la couleur des chaises longues, orange. Pourtant, c'est un port scrupuleusement détruit par l'Allemagne, des entrepôts, la mer est sale, grise et, finalement, ce ne sont que des chaises.

Des sirènes retentissent au loin. Des véhicules de la police descendent le quai. Derrière les grillages, l'inspecteur dénombre cinq fourgonnettes, trois voitures, deux véhicules banalisés qui foncent. Les pneus crissent derrière le bâtiment de la compagnie.

C'est alors qu'une femme apparaît et chemine sur la passerelle. Elle est brune, tient une fillette par la main. Il hésite à s'élancer. Mais un homme et deux jeunes femmes sortent à leur tour et les rattrapent. Sous son chapeau, l'épouse a la bouche contrariée. Ce n'est pas Rachel.

De toute façon, il n'aurait pas dû monter sur le paquebot. C'est malavisé. Peut-être que Rachel et sa fille sont près de lui, peut-être qu'elles sont déjà à bord, en Angleterre ou ailleurs. Il est coincé sur un paquebot transatlantique et quatre policiers en civil remontent désormais la passerelle. Ils sont accompagnés d'un homme de la compagnie, portent tous imperméable et chapeau. Ils bousculent.

Sur le quai, des policiers en tenue se dispersent. Ils sont une trentaine, quatre sifflent. Tous les passagers les observent du pont, sauf lui. Les policiers dévisagent chaque docker. Ils fouillent un chariot, interrogent un chauffeur de bus, deux gars sur leurs vélos. Les quatre policiers en civil parlementent avec les hôtesses. Ça braille. Un officier maritime se pointe et laisse passer les policiers.

Deux policiers vont à la poupe, deux partent au pont avant et tous demandent les papiers d'identité. L'inspecteur glisse la main dans la poche de son blouson, empoigne son semi-automatique. Il pivote, évalue. Droite, gauche. Il peut passer le bastingage et sauter vers la pointe effilée. Ou traverser le pont et sauter à bâbord. Ou filer aux cales. Ou se terrer dans une cabine. Dans tous les cas de figure, l'étau se resserre et il n'a pas identifié Rachel, Rachel Schwarz, la petite française du *Sonderbau*, sa juive. Et le plus costaud des policiers est très près quand six autres montent la passerelle. La flicaille afflue. Un policier le hèle :

— Monsieur !

À ce moment, il la voit la fillette, debout à côté d'une chaise longue. Elle a les cheveux clairs, une frange, une robe bleu ciel. C'est Elsa Schwarz. Près d'elle, Rachel entrepose deux valises.

Rachel porte une robe olive cintrée à la taille, un chapeau à large bord. Les mêmes cheveux bouclés, la raie sur le côté, ses fins sourcils, ses lèvres timides, et ses yeux de complainte et de ferveur. Elle n'a pas changé, c'est une femme fière, elle est belle. Rachel lève la tête, sourit à sa fille et lui caresse la joue. Il avance encore, mais le policier insiste :

— Monsieur !!

Les sifflets retentissent. Le soleil point à l'est, ça lui chauffe les rétines. Il ne cligne pas. Il cogne une femme qui s'affale. La femme au sol glapit et il l'enjambe.

L'inspecteur extrait le pistolet de sa poche. Et il espère. Oui, il espère. Il croise le regard de Rachel et il sait qu'elle le voit. Elle le fixe et son regard ne bouge plus. Elle le contemple, et il l'imagine sourire. Mais le policier dégaine son arme et le policier hurle :

— Police ! Couchez-vous, au sol, au sol !

Des passagers plongent, d'autres décampent, ça crie. Rachel agrippe sa fille par l'épaule et l'étreint. Et il lui sourit. Dans le même instant, un coup de feu fuse. La balle pénètre sa cuisse. L'inspecteur pivote et il appuie sur la queue de détente. La détonation explose. Le projectile file et touche le policier à l'épaule. Son chapeau vole, son corps se renverse. Les cris redoublent.

Rachel cache les yeux de sa fille contre sa poitrine. L'inspecteur recule, sa jambe traîne. Derrière le policier prosterné, les sifflets crèvent les décibels. Une marée d'uniformes, d'imperméables et de chapeaux fend la foule. Ce sont les soldats de l'ordre. Et les voix crient :

— Dégagez ! Dégagez ! Dégagez !

L'inspecteur adresse un dernier regard à Rachel et engage le feu. Il tire une balle. Et il lève subrepticement les yeux, l'arme braquée devant lui. Et il tire encore, une fois, deux fois.

Quand la première balle se loge dans sa clavicule droite, l'inspecteur sent son corps exploser. La balle fabrique son temps et il n'est déjà plus le sien. Les détonations redoublent. Une, deux, trois, quatre. Une deuxième balle l'atteint au genou. Une troisième lui perce la main gauche. Le quatrième et le cinquième projectile le touchent au thorax. Son corps vrille. Un projectile transperce sa lèvre, un autre pénètre par son œil droit. Il s'effondre. Sa tête cogne le métal blanc.

Le bruit devient moite. La décharge électrique délivre un voile d'or. Son arme rebondit et un soubresaut soulève son poitrail.

Le sort a voulu que son dernier œil soit du côté de Rachel. Du sang coule par son nez. Une balle lui explose la boîte crânienne. Étrangement, à l'intérieur, ce n'est pas noir. Un flash lumineux y dure deux nanosecondes. C'est blanc.

Un policier en uniforme se penche sur lui, glisse une chaussure sous son corps inerte et le retourne. Le policier regarde et s'adresse à un homme qui porte un complet gris sous un imperméable et un chapeau de gangster. Justement, cet homme ressemble à notre inspecteur.

Il l'a d'ailleurs rencontré à Lyon, en juin 1949. Il s'en souvient parfaitement, c'est le jour où il a perdu ses papiers d'identité et sa carte de police. Le policier en uniforme dit :

— Inspecteur Michel, c'est notre homme.

L'inspecteur Michel, enquêteur principal à la brigade criminelle de Lyon : c'est lui et il porte un complet gris sous un imperméable et un chapeau de gangster.

Un firmament sépare les eaux et le firmament n'est que le ciel, et la fumée des cheminées s'élève comme elle montait dans celui de Pologne. Rachel Schwarz n'aime pas cette fumée. C'est pour ça qu'elle a déjà fermé les yeux.

# RÉTROSPECTION

Pour tomber, on se débrouille tout seul,
mais pour se relever, la main d'un ami est
nécessaire.
Proverbe juif.

*No hay banda !*
*There is no band !*
Il n'est pas de *orquestra* !
David Lynch, *Mulholland Drive*.

Sur le pont, il me regarde comme ma mère quand je suis partie. J'avais pas loin de quatorze ans, j'étais belle, et j'avais la vie devant moi. J'étais une bergère promise aux hommes. Ma mère disait qu'elle m'aimait, même si c'est plus compliqué : elle me haïssait, comme toutes les filles sont haïes par leur mère quand elles sont trop belles. Mais ce jour-là, peut-être qu'elle m'a aimée. On ne sait si on aime que quand on perd.

Quand j'étais petite, ma mère m'a raconté l'histoire de mon prénom. Elle me l'a lue dans la Genèse. Ma mère disait que la Bible était un bon roman pour les enfants et, à force, elle a fini par le croire. Je ne sais pas si les autres ont eu droit au même traitement. Et, maintenant, je suis sûre que c'était une façon de me faire moins juive. Surtout qu'elle ne fréquentait pas les autres, ni la synagogue. Elle n'était pas juive en fait, je n'étais pas juive et les juifs n'existaient pas. On habitait à Saint-Priest, cité Berliet, juste derrière la voie ferrée. Ma mère était une ouvrière qui assemblait des machins à l'atelier d'électricité de l'usine de camions et je ne sais pas trop comment elle a dégoté un appartement à la cité, parce que c'était plutôt réservé aux chefs et aux sous-chefs. En tout cas, là-bas, j'étais juste la paria de fils et filles de même pas riches. Les filles, c'étaient les pires, elles me détestaient. Des fois, elles me traitaient de « youd », « youp », « youtre ». Mais ça aurait pu être de l'anglais, j'ai jamais assimilé ça à rien. J'étais la « frisée », la « pied-plat », et j'ai vraiment les pieds plats et puis je suis frisée, youpi ! En fait, je crois qu'ils avaient besoin de moi pour se ressembler. Moi, j'en avais pas besoin. J'aurais eu besoin d'un grand frère pour les castagner, juste. Pour tout résumer, ma mère avait mieux à faire que moi. Elle s'avait, elle.

Ma mère a perdu ma grande sœur en couches, et mon père, j'en ai jamais entendu parler. En tout cas, je porte son nom à elle. Et ledit père, c'était pas le même que celui de ma sœur morte. Ma mère voulait juste un gosse pour pas être seule, alors elle m'a faite. Elle a dû trouver un type ivre dans un bar qui s'est déchargé en elle et voilà. *Rachel* par-ci, *Rachel* par-là : c'était cupide. Elle voulait que je l'aime, juste pour être aimée. Mais qui pourrait bien aimer une grosse à lunettes qui boit de la piquette tous les soirs, qui roupille sur un sofa et qui ronfle et qui pète ? En vérité, je voulais pas être grasse comme elle, je déteste les gros, je voulais pas me soûler comme elle, je voulais pas dépendre d'elle, ni de personne. Et j'étais plus dégourdie que la moyenne. Les gars de la cité me reluquaient. Des fois, j'ouvrais la fenêtre de la salle d'eau après la douche et je me séchais bien au ras du balcon et je les voyais dans le jardin. Des fois, il y avait des pères. Je crois que ma mère le savait et que c'est pour ça qu'elle a essayé de me faire embaucher à l'atelier. Mais c'était pas possible pour moi. Je crois aussi que c'est la cause des premières torgnoles. J'étais pas assez grande pour ses poings, mais elle me frappait. Souvent. Sans compter que j'allais à l'école avec tous les autres, c'était pas pour me retrouver à trafiquer des câbles électriques. De la sorte, j'ai mis le feu aux garages, j'en pouvais plus, de leurs bagnoles, en plus, nous, on en avait pas. Surtout, je chantais bien. Ma prof de musique disait que je chantais juste, et ça s'apprenait pas, même à la flûte, je jouais juste. J'avais mon petit minois et ma grande gueule. J'allais prospérer dans le music-hall. J'allais faire chanteuse ou même actrice. J'étais un genre de Joséphine Baker blanche. Voilà pourquoi un matin je lui ai volé ses économies. Ensuite, j'ai foutu le feu et, après, j'ai pris le train et je suis arrivée à la capitale.

J'ai jamais trop su ce que j'étais et c'est à cause d'elle. Un sourire folâtre et une belle paire de fesses font pas une femme. À Paris, j'ai dégoté une piaule et je suis tombée sur un gars qui était pas bien plus âgé que moi. Un soir, il m'a fait boire. Je me souviens pas du reste, mais j'étais plus vierge au réveil et ça m'a rien fait. Le sexe, je connaissais. Parce que ma mère avait un frère, il venait à la cité et, des fois, avec son fils, Adam. Avec Adam, on jouait à la marelle et on s'enfermait dans ma chambre pour dessiner et se toucher. Je lui ai fait avec la bouche. Il était formé déjà, l'Adam, mais il était gêné et tout. J'ai cru que toutes les bites étaient comme la sienne jusqu'à ce que j'en voie des autres. Elles n'étaient d'ailleurs pas toutes fraîches, la majorité avait de la peau dessus et étaient sensibles. Pas la sienne. Adam était pas très beau, mais drôle et tout, toujours un mot gentil. Surtout, il était juif. Mais ça, je l'ai compris après.

On m'a vite installée sur un bout de trottoir. Il y avait des jeunes, des vieilles, de tout. C'était la foire d'empoigne. Ça faisait pas un mois que j'y étais quand je me suis battue avec une autre. Elle se bagarrait comme une femme, attaque aux cheveux et griffures. Je lui ai mis un coup de pied dans la chatte et le nez à côté de l'oreille. Et après, plus personne m'a cherché de poux. Je suis même devenue respectée. J'avais quinze ans. On était en 1934. C'était la vie dure, mais il y avait quand même de l'argent partout dans les rues de Paris pour les riches. Je suis montée en grade au 106, boulevard de la Chapelle, métro Barbès. Fini, le trottoir, bonjour, la maison de société. Je suis passée dans les arrière-salles des bars à champagne, et donc, à partir d'un moment, on peut raisonnablement dire que j'en étais et comme un coq en pâte là-dedans. Ça ouvrait à 10 heures le matin, on avait l'eau, le fard à joues, le parfum, et pour les clients, on y gagnait niveau propreté. Je prenais deux bains par semaine, c'était Byzance. Surtout, le nombre de passes a été divisé par trois. C'était une quinzaine par jour, pas plus. J'ai commencé à me faire de l'argent et à aller dans les boutiques. J'étais plus une pute de rue. À dix-sept ans, j'étais une cocotte de Paname.

Là-bas, je suis devenue la favorite de la patronne parce que j'étais la favorite de ces messieurs à chapeau, des banquiers, des gens des ministères, de la bonne société qui venaient s'encanailler loin des mouflets, des hommes qui en oubliaient jusqu'à leurs femmes à vergetures. Et je suis même devenue le produit de luxe du bastringue. C'est logique. J'ai encore réduit les passes, sept ou huit et rien qu'en soirée pour les clients haut de gamme. Ils venaient pour ma bouche. Ils disaient tous que c'était divin, qu'ils avaient jamais rien connu de pareil. Ma renommée a passé les murs de la maison et, un jour, un gars m'a accostée alors que je me baladais au Jardin des Plantes, c'était en juin 1937. Il m'a menée à un genre de cabaret à Pigalle, *Au bonheur des hommes*. J'y suis allée un soir, deux soirs, trois et, le quatrième soir, le propriétaire m'a invitée à sa table. J'ai eu droit au sourire qu'il distribuait une fois l'an. Le propriétaire était corse. C'était un vieux monsieur, mais il était encore musclé, sec, un mètre quatre-vingt-trois, quatre-vingt-quatre. Il avait un accent à couper au couteau qu'il avait emporté de son village, au-dessus de Bastia. Et un nez carrément juif même s'il l'était pas. Ciccone, il s'appelait. On ne connaissait pas son âge. Peut-être qu'il avait soixante ans, mais peut-être qu'il en avait soixante-quinze. On le respectait, on l'appelait « M. François », il était serviable, toujours à se plier en quatre pour nous autres. Les hommes le respectaient parce que, pour une question d'honneur, il les faisait planter et balancer dans la Seine. L'honneur, ça pouvait être un manque de politesse par exemple, ou alors qu'on remettait sa parole en doute. Ça, il supportait pas, surtout en public. D'ailleurs, personne le faisait vraiment. M. François, il m'a jamais touchée. Il a jamais couché avec une de ses filles. C'était un homme vénérable, il était marié et fidèle. Il avait pas d'enfants. Il buvait peu, allait à la messe et portait une arme. Au bout d'un an, j'ai eu le droit à un bout de spectacle, je chantonnais une fois par semaine, dans le clair-obscur et, s'il y avait pas eu les musiciens, l'éclairage et ma réputation, j'aurais fait rien que des bides. J'étais pas chanteuse, quoi. J'étais une fille de joie. « Bouche molle », la fille qui avait appris à le faire sur son cousin circoncis. Adam avait dit : « Tu fais comme une glace en train de fondre. » Il avait le sens de la formule, le gosse. Et c'est vrai que je le faisais exactement ainsi. Je ne l'ai jamais dit à personne.

Chez M. François, je me suis fait deux amies. J'en avais jamais eu de ma vie. Elles étaient installées, j'étais pas leur rivale. Ma Suzy et la Madeleine étaient de vraies chics filles, un peu plus âgées que moi. La Madeleine avait une voix, non mais une voix, elle avait pas besoin de fumer pour se la griser ni rien, c'était un crooner-né.

C'est à elles que j'ai dit en premier que j'avais plus mes règles. Je l'ai dit au bout de quatre mois et j'ai aussi dit que je voulais garder l'enfant. C'était pas envisageable, évidemment. Pourtant, je l'ai gardé. C'était quoi, le problème ? Je tapinais pour M. François depuis trois ans et demi, on me l'accorderait. J'étais pas n'importe qui. Je travaillais que le soir, j'avais mon lundi et mon mardi de repos, et je gagnais de l'argent, on pouvait pas faire commerce de son corps et enfanter ? La Madeleine et ma Suzy ont dit que non, mais elles m'ont pas balancée. C'est pour ça que je dis que c'étaient des amies, des vraies. Bon, ça s'est vu au bout du sixième mois. Pas à cause du ventre, j'en avais pas. À cause des seins. Mes œufs au plat sont devenus des pêches de vigne et M. François m'a convoquée dans son bureau. C'était à quitte ou double. Il n'a pas souri une seule fois. Je l'ai supplié, je voulais pas qu'on endorme l'enfant à l'éther et qu'on le balance dans les égouts, comme on fait avec les chiots. J'ai tenté le coup des gars qui aimeraient la femme enceinte, qu'on pouvait ajouter la spécificité au catalogue. C'est là qu'il s'est très énervé, M. François. Il s'est levé et il m'a giflée. Il y avait des choses sacrées pour lui. Il m'a dit d'arrêter de jouer à la peste, que je l'étais déjà assez comme ça. Pour lui, qui avait la parole avare, c'était une façon de me témoigner son affection. Et pour moi, c'était la première fois qu'un homme me parlait comme un père.

M. François a donc fait venir un de ses hommes et je suis montée dans une voiture. J'ai cru un moment que j'allais finir tranchée en lamelles au schlass. Je me trompais. En fait, j'ai terminé dans une propriété après Versailles. J'y suis restée deux mois jusqu'à l'accouchement puis encore un mois de convalescence. J'ai vécu le début de la guerre à la fraîche. Et l'enfant était une fille. J'étais persuadée que c'était un garçon, mais c'était une fille. Et je sais pas pourquoi je l'ai appelée comme ça, mais quand je lui ai dit le prénom, M. François m'a dit que c'était beau, « Elsa ». Il a dit « beau ». Pas mignon, raffiné, juif, « beau ». Puis je suis revenue au travail et il m'a dit aussi qu'il ne voulait pas la voir une seule fois, Elsa, jamais. Je devais m'organiser. En fait, M. François avait revu tout le planning si bien que ma Suzy, la Madeleine et moi, on travaillait jamais toutes en même temps le même soir. C'était la fin de l'été 1940. Paris était maintenant allemand.

S'il y avait pas eu mes deux amies, j'aurais pas su faire. Elles m'ont beaucoup aidée. Elles avaient pas de gosses, donc Elsa était un peu à elles aussi. Elles rivalisaient de bonnes idées. Moi, j'étais pas très maternelle. J'avais vingt et un ans. Mère, je savais pas faire.

Ensuite, ils ont pris des mesures. Ça ressemblait à une vaste politique sanitaire pour éradiquer une maladie. Voilà, j'étais un virus. Sur le coup, j'ai bien aimé. Mon désespoir, c'est que j'étais pas seule. Les autorités ont convoqué la maladie en masse. Nez crochus, doigts rapaces, regard par-dessous pour mieux décider de la marche du monde, usuriers, médecins, banquiers, riches et voleurs : tous à la préfecture. Moi, j'y suis pas allée tout de suite. Au début, j'ai trouvé ça puéril pour eux, je connaissais du boutiquier juif, du livreur juif, du pauvre juif. Je connaissais un vendeur de linge sur le marché, deux bouchers, des perruquiers, et même un clochard juif. Néanmoins, c'était grandiose pour moi. J'étais enfin quelqu'un, qui plus est du peuple élu. « Rachel Schwarz, juive », c'était mieux que « Bouche molle, suceuse de Paname ». En plus, j'ai un nez goy, sûrement celui de mon père que ma mère a connu trois minutes. J'ai aussi les yeux effrontés d'une racaille ou d'un cow-boy, c'est pareil, surtout quand je les fais monter sous mes paupières ou que je les dévie sur ma droite pour signifier mon désaccord de forme et mon approbation de fond. Dans tous les cas, je suis une petite peste, M. François avait raison. Ça m'a beaucoup servi d'ailleurs de l'être. C'est que je me suis élevée toute seule et que j'en ai fini trop tôt, sur les trottoirs d'abord et puis *Au bonheur des hommes.* J'étais pas Joséphine Baker, non. Mais j'en avais dans le ventre.

Bref, je fus totalement juive vers la fin de l'été 1941. J'aurais dû y aller plus tôt, mais j'ai un peu traîné. C'était mieux d'être en règle. La préfecture de police a inscrit mon prénom et mon nom dans un grand cahier. Mon prénom de bergère promise aux hommes. Je le savais pas autant avant. Rachel rime avec belle, pucelle, ombrelle, pas avec juive. Schwarz, si, évidemment, mais je savais pas réellement. C'est ce jour que je suis devenue de la *race* juive. C'est comme ça qu'en avait décidé le gouvernement, c'était écrit dans les journaux. Si ça avait été juste une religion, ça m'aurait pas convenu, mais la *race*, bon sang, non seulement je pouvais rien y faire, et en plus c'était classieux. Après, les Allemands ont décidé mieux que les Français, qui décidaient pourtant pas mal et, le lundi 1er juin 1942, j'ai enfin porté mon soleil dans la rue. Pas au travail, M. François était contre. L'étoile jaune, il aimait pas ça. On recevait de l'officier allemand, oui, mais M. François les traitait pas bien.

Voilà, Elsa avait deux ans, mes amies s'occupaient d'elle à ma place. Je l'ai même pas vue faire son premier pas. Et ce qu'elle a dit en premier, c'est pas « maman » mais « Uzy », pour Suzy. J'étais définitivement juive.

M. François, c'était une bonne protection. Ça a tenu jusqu'à fin 1943. Heureusement, ma Suzy m'avait convaincue de planquer la gosse bien avant. C'était en octobre. Elle connaissait des bonnes sœurs à Grenoble qui cachaient les juifs, parce qu'elle était de là-bas. Elle a donc conduit Elsa un week-end d'automne, je savais pas précisément où. J'avais pas fait inscrire Elsa sur leur saleté de registre. En tout cas, ce matin-là, en janvier, ils n'ont pris que moi. C'est pas la Gestapo qui est venue me chercher mais la police française. À cause d'un poulet des brigades spéciales[1] qui venait se

1. Créées en 1941, les brigades spéciales de la préfecture de Paris étaient rattachées aux Renseignements généraux. Elles travaillaient en étroite collaboration avec l'occupant allemand.

faire sucer. J'en veux pas à M. François, il a rien pu faire. J'aurais dû me tirer avant, quand il me l'a dit, mais j'ai refusé. Pourtant, le poulaga rôdait depuis un moment, celui-là. Ma Suzy m'a dit : « T'inquiète pas, on s'en occupe » et la Madeleine a répété : « T'inquiète pas, on s'en occupe. » Sûrement qu'elles parlaient d'Elsa.

J'ai fait deux mois à Drancy, c'était administré par les Français, la gendarmerie et tout. J'ai pas pigé que c'étaient les nazis qui donnaient les ordres. En mars, ils m'ont entassée dans un wagon avec d'autres juifs, tous plus juifs les uns que les autres, mais pas plus que moi. Un vieux qui s'est pissé dessus durant le voyage m'a dit que Rachel, ça voulait dire « brebis » et que, si j'avais eu une sœur, elle se serait appelée Léa. J'ai été assez méchante. J'ai dit : « Je n'ai pas de sœur, elle est morte dans le bide de ma mère et j'ai la gale, vieux. » C'est drôle, il a rigolé. Dans ce wagon, j'ai pensé à Elsa, aussi. Enfin, pas vraiment à elle. Il y avait une grosse bonne femme qui s'appelait Elsa. Elle était dans la jérémiade, quelque chose de détestable. Le portrait de ma mère. Je lui ai dit : « Boucle-la, la grosse. » J'étais tellement différente que je savais pas où était ma fille sauf entre de bonnes mains. Pour moi, ça a été la Pologne.

Là-bas, j'étais mieux parée pour résister. J'avais bouffé des racines à mon arrivée à la capitale. J'avais passé des années à vendre ma bouche et mes fesses. Qu'est-ce qu'ils auraient pu me prendre de plus ? J'admets que penser ça a été ma principale erreur. Ils m'ont pris davantage, car j'ai survécu. L'orgueil est un péché inventé tant qu'on a pas connu les baraquements d'Auschwitz II-Birkenau, le marécage. Là, ça devient le plus mauvais parce que vous vous laissez pas mourir à cause. J'ai tenu un mois entre les briques qui suintaient. Le printemps était polonais, on dormait sur des morceaux de bois, et il fallait surveiller tout, même son pain. Un jour, une femme nommée Brzeziński gardait le pain de sa fille qui avait rien trouvé de mieux qu'aller chier au milieu de sa soupe. Elle était prise de coliques abominables, manger le charbon lui servait à rien, alors que sur moi, ça a toujours fonctionné. Quand la fille est revenue, la Brzeziński a prétendu qu'on lui avait volé le pain. Ça aurait pu être moi, ça aurait pu en être une autre. Sauf que c'était elle, sa propre mère. Je l'ai vue manger le quignon tout gris de sa fille. Mon ventre a été ma planche de salut. Je pourrais digérer du rat pourri. De toute façon, les deux Brzeziński sont mortes. Pas dans la chambre à gaz, mais de la dysenterie, de la chiasse. Elles sont juste entrées au *Revier*[1], l'antichambre avant la mort, tu y entrais, tu étais sûr d'y finir, en pire. Évidemment, dans un camp de la mort, personne ne *veut* survivre. C'est pas votre cerveau qui dit, ou alors vous le savez pas. Il y en a qui peuvent, il y en a qui peuvent pas, et c'est tout. De mon convoi, on est que vingt à avoir survécu. La vie a plus à voir avec les statistiques qu'avec la volonté. C'est ça qu'on sait là-bas, intrinsèquement. Toute leur bêtise de philosophie, c'est de la bouillie de gens repus. Auschwitz, tu en sors si ta physiologie est adaptée à la propagation des virus, si tu te trouves pas à côté de la tuberculeuse ou du typhus, et on sait jamais où se planque un virus. Tu en sors si

1. Dans le système concentrationnaire, baraquement destiné aux prisonniers malades.

tu es devant à la soupe et que la louche prend du navet plutôt que du jus, si ton corps supporte les températures de l'*Appellplatz*[1]. Ouais, tu sors d'Auschwitz si tu as une qualité comme parler allemand ou jouer de la musique. Pas si tu es juive ou russe. Sauf les juives et les Russes qui en sont sorties. Celles-là étaient veinardes et coriaces.

Ma vraie chance a été de quitter Birkenau pour Rajsko. J'aurais pu être affectée à un *Kommando* de construction et c'était la guigne, la fatigue, pas de change, rien. Alors que Rajsko, c'étaient des baraquements autour d'une ferme expérimentale. Pourquoi j'y ai été conduite, j'en sais strictement rien. Personne peut comprendre la science administrative de la SS. Toujours est-il que j'ai eu des draps dans mon lit, même des habits. Des habits de juifs morts, mais des habits quand même. Quand j'y suis arrivée, on m'a même dit que c'était chauffé l'hiver. On était un camp périphérique où ils envoyaient de l'ingénieur agronome, ce genre de choses. Je me suis faite assez copine avec une Sarah, française, triangle jaune comme moi, et puis avec Elena, une triangle rouge[2]. C'est que quand ils se sont rendu compte que j'y connaissais rien en agriculture que j'ai été mise au point de vente avec toutes les deux. Elena avait un nom aristocratique, mais elle avait viré bolchevique pendant la révolution de 1917 et c'était quelqu'un. Elle avait quarante-cinq ans, elle aurait pu vivre en

1. « Place de l'appel ».

2. Dans le système concentrationnaire, les détenus portaient un triangle de couleur qui désignait leur groupe d'appartenance : jaune pour les juifs, rouge pour les communistes, vert pour les détenus de droit commun, rose pour les homosexuels.

Sibérie, sur la Lune ou n'importe où, elle aurait fabriqué du chaud et de l'air en un claquement de doigts. Elle m'a aidée à tenir. Voilà, j'étais vendeuse de légumes pour les nazis et travailleurs réquisitionnés. Et parmi les nazis, j'ai souri à un qui s'est montré avenant. Les autres voulaient pas que je les serve. Ni Elena, ni Sarah, ni moi. Pas de rouge et pas de juive. Nous, c'étaient les travailleurs. C'est la bande d'Elfriede qui servait les SS, cette foldingue de triangle vert, salope comme une libellule, avec sa copine Olga, une Ukrainienne sanguinaire. Le nazi avenant, il est venu tous les jeudis, puis le mardi aussi, et j'ai vite compris qu'il apparaissait pour moi, bien avant qu'il me demande mon prénom. Il avait un grand front, des cheveux souples, le sourcil épais et tout droit. Plutôt bien fait, moustache. C'est pas qu'il était beau, mais il avait le charme de la quarantaine. Elena aussi a compris pourquoi il venait. Elle m'a dit : « Fais attention, il en a après toi. » Comme le nazi avait un bel uniforme et les cheveux en bataille, je le lui ai filé : « Rachel. » Il a piqué un fard. C'était comme lui montrer un mamelon. En échange, il m'a donné son nom à lui.

Je dois avouer que ça se passait pas mal pour moi à la ferme. Dieu avait sorti un carré d'as en jouant aux dés autour de mon nombril. Mais au milieu de l'année 1944, pendant l'été, on m'a ramenée à Birkenau. J'ai vite compris que c'était fini. Mon numéro tatoué sur le bras était sorti à la grande loterie du *Häftling*[1]. Ils avaient augmenté la cadence rapport à mon premier passage, les cheminées

1. « Détenu ».

crachaient la fumée sans discontinuer et ça sentait la viande. La 174 518 était promise à derrière les barbelés. J'étais de la *Selektion*[1]. J'aurais bientôt droit à une des quatre chambres à gaz. Destination finale : un crématoire pour cadavres. C'est là que mon nazi de la ferme a débarqué. Il venait recruter de la volontaire à Birkenau pour faire putain dans le camp souche, Auschwitz. Il recrutait ni juives ni rouges. C'était principalement de l'Allemande. Les rouges ont évidemment organisé la riposte politique. Elles ont dit que les leurs boycottaient le bordel chez les hommes. Ça circulait : un bon communiste ne va pas aux putes. Mais mon nazi aux légumes est repassé recruter, il m'a encore souri et pas moi, cette fois. Il avait qu'à se faire enculer. Pourtant, à son troisième passage, j'ai fini par céder à moi-même : je me suis postée dans la queue. Mais un garde SS m'a foutu un coup de crosse dans les reins, en gueulant : « *Nein, nein ! Jüdisch, Jüdisch !* » Mon nazi m'a aidée à me relever. L'enfoiré de garde m'avait salement amochée. J'avais un gros hématome, d'autant que je marque vite, c'est mon seul défaut, j'ai la peau pas épaisse. C'était rien à côté de ce que m'ont fait les filles le soir dans notre baraquement. J'étais sur ma couche et une m'a tirée entre les lits, j'ai reçu une couverture dessus et elles m'ont avoinée. J'ai juste pu me protéger la tête. Je crois que tout le baraquement a dû me frapper, un coup de poing ou de pied, même les plus mal en point.

1. Détenus sélectionnés pour les chambres à gaz. Les faibles, les personnes âgées, les malades, les femmes enceintes et les enfants étaient en général sélectionnés dès la sortie du train dès lors qu'ils n'étaient pas aptes au travail.

C'est le lendemain qu'il est venu me chercher. Au petit matin, le soleil s'est levé juste après et il y avait pas de brume ni rien. Mon nazi m'a dit que désormais je m'appelais Rachel Darbier, et que j'étais une prisonnière française de droit commun. J'étais recrutée volontaire au *Sonderbau*. D'ailleurs, il m'a donné une veste avec un triangle vert. Même si les autres m'avaient pas cognée, j'aurais consenti. Y avait rien d'autre à faire. Le garde SS m'a regardée étrangement quand je suis montée dans leur voiture, il m'a zieutée tout le voyage dans le rétroviseur, et c'était pas pour ma lèvre éclatée, non. Quand on est entrés dans Auschwitz, on a passé le portail, celui avec marqué ARBEIT MACHT FREI en haut. C'est la seule chose qui n'était pas droite dans leur foutu camp, deux vaguelettes audacieuses de métal, même pas symétriques, où se tenaient les lettres penchées. C'était assez ironique parce que mon travail allait vraiment me rendre libre. La barrière s'est levée, la voiture s'est garée à gauche, au premier baraquement. Et j'étais du *Block* 24 A, maison de charmes pour SS et prisonniers méritants. Une juive dans un bordel interdit aux rouges et aux juifs. Le ver dans le fruit parmi les Allemandes et les Polonaises, et incontestablement la plus jolie, j'allais vite m'en rendre compte.

Mon nazi m'a précédée dans un corridor avec des chambres de part et d'autre, il a salué la garde. Celle-là, j'ai appris après qu'elle venait de Ravensbrück, c'était une droit commun qui était montée en grade là-bas, j'ai dû m'en méfier comme du choléra. Il m'a placée dans une chambre et m'a parlé dans son français impeccable. Il m'a dit que j'étais en quarantaine. Il m'a fait apprendre ma date de naissance par cœur et mon lieu de naissance aussi, Auxerre. On allait me soigner, me faire des examens et me donner de la bonne nourriture pour que je me remplume. Il m'a dit qu'il était le responsable du *Sonderbau*. Ce à quoi j'ai répliqué qu'il était le maquereau en chef et ça l'a encore fait sourire. J'aurais pu dire n'importe quoi, il m'aurait bouffée avec les yeux. Sauf qu'il les a baissés et qu'il a regardé le bout de ses bottes. Là, je lui ai dit merci et je lui ai redemandé son nom, en entier. Il a dit : « Peter, Peter Beulig. » Après, je l'ai plus revu pendant dix jours. J'ai subi tout un tas d'examens, principalement pour vérifier que j'avais pas la syphilis, la chaude-pisse, tout ça. On m'a administré des piqûres, j'ai mangé de vrais repas. C'était la première fois que j'avais droit à du sucre. J'ai eu une compote de pommes. C'était fou. Le sucre, c'est ma drogue. Ça faisait près de six mois que j'en avais pas ingéré, et cette compote, c'est le plus merveilleux des cadeaux que m'avait donnés le Ciel. C'est en la mangeant que j'ai pensé à Elsa pour de vrai. Avant, je me l'interdisais. Je trouvais ça vil d'en réclamer après elle, je m'en étais jamais vraiment occupée depuis sa naissance. Mais à la troisième cuillerée de compote, j'ai directement su qu'Elsa était la vérité de mon passage sur Terre. C'est quand le sucre est entré par ma langue et mes papilles que j'ai vu son visage et que j'ai su que je vivrais pour elle.

J'ai pris mon service début octobre 1944. C'était deux jours avant la révolte du *Sonderkommando*[1]. Parce que

1. Unité de travail dans les centres d'extermination nazis composée de prisonniers juifs dans leur très grande majorité, qui travaillaient dans les chambres à gaz et au crématorium.

le 7 octobre pile, il y en a qui ont détourné l'attention en se jetant sur les barbelés électrifiés et d'autres qui ont fait sauter la chambre à gaz IV et qui ont foutu le feu au crématoire I. Les SS étaient dans tous leurs états et la répression a été féroce. Mais les gars l'avaient fait, ils avaient signifié : « Vous volerez pas notre mort » et, si la compote de pommes a été l'étincelle, c'est eux qui ont fabriqué le carburant. C'est à ce moment, alors que j'étais contrainte comme jamais, que j'ai su mieux que tous les savants ce qu'ils appelaient « liberté ». La liberté, c'était de se mettre dans la file des volontaires au bordel d'Auschwitz ou de fondre dans un four crématoire. C'était un choix des tréfonds. Ça tenait que de sourire à un officier SS. J'étais sûrement une traîtresse pour les gens qui en étaient pas. Mais je l'étais pas à ma cause. Oh que non ! j'étais fidèle à qui je suis, et pour la première fois de ma vie. En me plaçant dans la queue du recrutement, j'ai fait. Ceux qui pensaient à mal pouvaient bien se faire foutre. Oui, je suis redevenue Bouche molle, une des filles de l'*Obersturmführer* Peter Beulig, responsable du *Sonderbau* d'Auschwitz I. L'homme qui n'a plus qu'un œil sur le pont de l'*America*, paquebot transatlantique qui nous emmène à New York, Elsa et moi. Peter Beulig, mon nazi à moi.

Le 16 octobre 1944, Peter Beulig a apporté une bouteille de vin blanc et des sous-vêtements dans ma chambre parce que c'était mon anniversaire. J'avais vingt-cinq ans. Je croyais qu'il voudrait que j'essaie devant lui, mais il a rien demandé. C'était un vin sucré et de la dentelle noire. On a fumé des cigarettes, les siennes, des *Sturm-Zigaretten*, celles avec la croix gammée dessus le paquet. Il m'a dit de l'appeler « Peter, Pierre ». Et je l'ai fait. Pierre m'a dit qu'il avait servi au front de l'Est et qu'il avait été affecté ici en janvier 1944, que Hitler allait perdre et qu'un jour je serais libre, qu'il fallait juste que je me tienne tranquille, qu'il ne m'affecterait pas de SS, seulement des kapos, des travailleurs méritants, et aussi des triangles roses, ceux qu'il fallait ramener dans le droit chemin. Pierre m'a demandé de mettre des manches longues maintenant, que personne devait plus voir mon tatouage même pendant l'acte, qu'il avait trafiqué mon dossier chez les médecins. Il a pas montré qu'il prenait des risques pour autant, mais moi je le savais. Surtout, il avait confiance, j'aurais pu le balancer si je préférais mourir.

Pendant un mois, j'ai pratiqué les kapos, les bourreaux de leurs frères. Je jugeais pas. Moi, je devais juste la boucler, j'étais pas mieux qu'eux. Les nazis avaient besoin de rouages pour faire fonctionner leur usine. Ces gars encadraient, c'étaient les contremaîtres. Bien sûr, les kapos maniaient la schlague trop fort pour faire respecter l'ordre. Bien sûr, certains étaient sanguinaires avant d'entrer à Auschwitz et y abreuvaient leur soif. D'autres le sont devenus par la force des choses. Mais je jugeais pas. Je me faisais pénétrer et je me rinçais à l'acide lactique comme le voulait le protocole. J'étais pas sur l'*Appellplatz*. Le bordel était une routine qui ouvrait après l'appel du soir et fermait à 21 heures. Les clients se rasaient et se lavaient avant d'entrer dans la chambre. Le médecin les examinait avant et après. D'autres étaient refoulés à l'entrée pour cause de maladie vénérienne. Les miens avaient le numéro 14 parce que c'était celui de ma chambre. Ils avaient quinze minutes pour le missionnaire. Les gardes vérifiaient par un œilleton. Des fois, ils se rinçaient l'œil. Des fois, des détenus avaient trente minutes en tout et une fellation, s'ils payaient plus. Je savais comment pas tomber enceinte, j'étais une professionnelle. Quand ils devenaient trop rouges ou excités, je me retirais. Ils grognaient, mais je les terminais à la main. Ils aimaient ça. C'étaient des hommes et j'étais leur salut. Les filles étaient pas mal remplacées. Moi, j'ai toujours passé l'examen médical de 9 heures sans problème. Je faisais mes trois à quinze détenus par soir. Et je me suis vite spécialisée dans les pédés. C'était pas possible pour eux, le missionnaire. Alors, je leur disais de fermer les yeux, que je suçais comme un homme. Une fois sur deux, j'y arrivais et ils me remerciaient. C'est vrai que je suçais comme un homme. Pas comme ces imbéciles d'Allemandes ou de Polonaises. Durant une partie de cartes, une Biélorusse m'a dit que j'étais une fille bien, qu'ils y étaient pour rien, ces pauvres types, s'ils ne bandaient pas avec nous.

J'ai passé trois mois habillée en civil. Je remettais l'uniforme que le soir pour le travail. Tous les matins, j'avais un demi-litre de café, une livre de pain noir et vingt grammes de margarine, même du beurre des fois. À dîner, c'étaient des patates, mais des patates salées, oui, on avait droit au sel. Et puis un morceau de viande, souvent du porc ou de la saucisse. On avait des légumes et aussi un fruit. Comme c'était l'hiver, c'était de la pomme, mais si j'étais arrivée plus tôt j'aurais eu droit à des poires. J'avais du sucré tous les jours. Je faisais pas l'appel, bon sang, je devais juste me mettre à ma fenêtre. Je me levais à 7 h 30 et puis voilà. En journée, on devait coudre. On se levait, on se lavait, et puis on faisait le ménage ou on allait emprunter des livres à la bibliothèque. Ces enfoirés de gardes nous surveillaient comme le lait sur le feu, mais rapport à Birkenau, j'étais bien lotie. J'avais un petit lit rien qu'à moi, des rideaux, j'avais des rideaux. Et puis une table. J'avais du maquillage et mes cheveux assez longs pour me coiffer. Surtout, c'était chauffé. Dans la salle commune, il y avait un poêle. On avait le chauffage, bordel ! Et en décembre 1944, sans ça, l'espérance de vie était de trois heures. Sans compter que notre pièce commune était décorée, il y avait même des chaises, deux sofas, une table et des miroirs. Il y avait des miroirs et des fleurs ! Mes pédés me faisaient des cadeaux : cigarettes, alcool, j'ai eu trois fois du savon et une fois du parfum. Au *Puff*[1], je gagnais 0,45 *Reichsmark* la passe. Sur les 2 *Reichsmarks* de coupons-bonus, c'était pas mal. L'argent récolté était comptabilisé le soir comme dans une boutique. Les gardes prisonniers touchaient 0,05 *Reichsmark* et le 1,5 restant partait à la SS.

Je parlais souvent avec Bernadette, une triangle vert. Elle avait compris « Bordeaux » au lieu de « bordel » le jour de recrutement, alors elle s'était inscrite. Voilà ce qu'est la chance. Elle venait de Gradignan, juste à côté. C'était une professionnelle, comme moi. Je lui ai pas dit. Je m'appelais Rachel Darbier, je venais d'Auxerre et j'ai écouté ses histoires. C'était que du quotidien et

1. « Bordel », en argot allemand.

du cancan sur les autres filles. Mais ça me faisait passer le temps. Pierre était du genre timide. Mais il venait tous les soirs. Ça durait une demi-heure et jamais il a demandé une prestation. Il couvrait l'œilleton. J'en ai appris beaucoup sur lui. Il avait deux frères et une sœur, il avait commencé par faire des études de science puis de littérature et il avait vécu à Paris. Il avait été traducteur d'allemand pour des revues et des éditeurs, c'est là qu'il avait appris le français. Il savait faire l'accent parisien, l'accent auvergnat et même l'accent de Marseille. C'était un drôle de gars et l'uniforme noir de chez Hugo Boss lui allait bien. Il était célibataire et avait presque quarante-cinq ans. Pas d'enfants. Il avait vécu de petits boulots puis était entré au parti nazi puis avait monté en grade puis était devenu officier puis avait servi au front : campagne de France, Stalingrad. Je sais pas s'il voulait se racheter une conscience avec moi. Les autres filles ont commencé à me regarder de travers et à faire attention. Ça empêchait pas le chef du bordel de se cloîtrer avec moi et de m'offrir des fruits. Une fois, il m'a demandé d'où je venais, j'ai dit de Lyon, que je travaillais dans une usine automobile. J'ai menti. Et à Noël, il m'a informée que c'était qu'une question de jours, que les communistes arrivaient, la débandade, et qu'après je pourrais retourner chez moi. Les travaux d'agrandissement du camp étaient arrêtés, c'était un signe. Ils avaient dynamité les crématoires depuis un mois. Et là, ils tuaient les derniers des *Sonderkommandos* et ils détruisaient les papiers et tout. C'était fini. Un jour, on dirait que ça n'avait jamais existé. Il avait raison.

Le 10 janvier, Pierre est venu me voir pour la dernière fois. Il voulait que je parte avec lui. Il m'a montré un lingot d'or. Il en avait d'autres et on pourrait partir loin tous les deux. Ça fait souvent ça aux hommes, les putes. J'ai posé une main sur son épaule, puis je lui ai caressé la joue. Après, j'ai dégrafé sa chemise noire, sa ceinture et il s'est laissé faire. Il avait un tatouage sur le biceps gauche. C'était son groupe sanguin : O. Les nazis tatouaient aussi les leurs, dans la SS. Je l'ai embrassé dans le cou, là où j'aime bien, et sur les lèvres. Ce jour-là, j'ai choisi le parfum pistache et il a joui en moi. Puis il m'a demandé ce que j'allais faire. Je sais pas pourquoi, mais j'ai pas pu mentir. Je lui ai dit que j'allais retrouver ma fille à Grenoble, qu'on l'avait cachée. Je lui avais menti sur tout le reste. Mais là, je mentais plus. Il m'a offert un médaillon en or, avec ma photo dedans. Je lui ai dit que sa photo à lui aurait été pour moi, mais que la mienne était pour lui. Je lui ai attaché la chaîne autour du cou et il m'a embrassée comme jamais personne m'a embrassée de ma vie. Il a pris mes mains en pleurant et m'a demandé comment s'appelait ma fille. Je pouvais plus parler. Je l'ai repoussé et il est parti. Je l'ai jamais revu. Sauf aujourd'hui, criblé de balles. Et s'il est sur ce paquebot, c'est sûrement parce que je lui ai dit « Grenoble » ce jour-là. Je sais pas comment il a fait pour me retrouver. Maintenant j'ouvre les yeux et c'est Elsa qui fixe son cadavre.

Le dernier appel a eu lieu le 17 janvier 1945. L'Armée rouge a pénétré dans Auschwitz dix jours après. C'était vers 15 heures. Tous les détenus avaient été évacués par les nazis. Sauf sept mille survivants qui sont restés, et j'en étais, au milieu des cadavres de ceux qu'ils avaient tués en dernier et puis de ceux qui étaient morts de fatigue en attendant les Russes. J'ai dû me planquer. J'étais une pute à nazis. Bernadette est morte, de faim. Ils ont pas voulu lui donner à manger. Moi, j'ai récupéré un uniforme triangle jaune, profil bas. Je suis redevenue *illico* Rachel Schwarz, juive. Début février 1945, j'étais transférée à Staryïa Darohi, en Biélorussie. Un camp de transit russe. Deux mois. Puis après, Odessa. Je me souviens plus du voyage. J'ai pleuré. C'est la première fois que je pleurais depuis chez ma mère. On était des milliers dans des trains, des camions de l'Armée rouge. Personne voulait vraiment rentrer chez soi. C'était la honte. Tous ceux qui étaient là avaient eu la chance d'arriver tard comme moi ou alors ils avaient fait comme moi aussi, en plus ou moins pire. Souvent, les deux. Ils avaient fait ce qu'il fallait. Et au port, avant l'embarquement, la rumeur a couru. C'est parti d'un petit gars, un juif polonais, qui m'a reconnue. Il travaillait à la bibliothèque du camp. Pour lui, j'étais pas juive, j'étais une droit commun, la putain du *Block* 24 qui venait lui emprunter des livres français. Il était entré à Auschwitz fin 1942. J'imagine même pas ce qu'il a dû faire pour tenir tout ce temps. Et je veux pas savoir. Quand il m'a reconnue à Odessa, il l'a dit à qui voulait l'entendre. J'ai juste eu le temps de m'échapper avant qu'ils me gravent « pute à nazis » au couteau sur le dos. J'ai pas pris le bateau pour Marseille. J'ai fait comme je faisais depuis toujours. J'ai fait la pute à Odessa. J'ai fait la pute à Galați. J'ai fait la pute à Bucarest. À Pleven et à Sofia. J'ai fait la pute à Skopje.

J'ai fait la pute à Pristina. J'ai fait la pute à Deçan. À Podgorica et à Sarajevo. Je suis arrivée à Venise en février 1948. J'ai fait la pute en Italie. J'étais une femme, je cherchais mon âme. Je l'ai trouvée à Vérone, en avalant une compote de pommes piazza delle Erbe.

En arrivant en France, je ne suis pas de suite allée à Grenoble. J'ai retrouvé ma Suzy sur Pantin. Elle était droguée au dernier stade. Elle m'a pas reconnue. Je me suis occupée d'elle un trimestre. Elle a fini par se souvenir et me donner le nom : les sœurs de Notre-Dame-de-Sion. Je l'ai laissée mourir et je suis arrivée à Grenoble en janvier 1949. C'était au pied des montagnes, il faisait froid, mais moins qu'en Pologne, et il y avait de l'air. Je manquais d'argent. Surtout, il m'a fallu faire des pieds et des mains pour être reçue par la mère Eugénie, la supérieure de leur couvent. Au début, elle a nié. J'y suis retournée encore, en furie, et la mère Eugénie, je l'ai menacée. Je veux dire que je l'ai menacée physiquement, je l'ai collée contre une armoire et à moitié étranglée. Elle a fini par me donner le nom de la dame qui avait recueilli Elsa : Monique Rozier. Cette dame, elle habitait à Corrençon-en-Vercors, dans une forêt. Je suis allée la voir. Elle était une gentille. Elle avait plus Elsa. C'était son frère, Henri Delhomme. Monique Rozier m'a dit de bien réfléchir, que la gosse s'appelait autrement désormais, qu'elle avait neuf ans, qu'elle savait pas que j'existais, et avait de bons parents qui l'aimaient et s'occupaient bien d'elle. Que son frère avait été résistant et tout, qu'ils avaient perdu leur fils à la guerre. Que c'était peut-être trop tard pour elle, et aussi pour moi.

Monique Rozier connaissait pas l'adresse précise de son frère à Crest, dans la Drôme. Je suis redescendue dans la vallée. Et j'ai trouvé la ferme, à Peyrambert, juste au pied de la colline de Divajeu. D'abord, je les ai surveillés. Il y avait un autre couple qui aidait aux champs. La jeune femme était vraiment très belle. Les vieux s'occupaient bien de ma fille, il y avait pas à dire. J'ai cherché des raisons de les haïr. La meilleure, c'est qu'ils étaient âgés. Henri Delhomme était un grand-père, pas un père. Même si c'était peut-être mieux que moi.

Quand j'ai revu Elsa, elle avait pas loin de neuf ans, en fait. C'était en mai 1949. Elle était avec Henri Delhomme. Je les ai croisés sur le chemin, ils partaient en balade. Lui m'a saluée d'un hochement de tête et Elsa m'a pas souri, elle avait un air méchant, même, celui d'une petite paysanne sauvage. Je les ai laissés et je les ai suivis de loin. J'ai entendu son prénom. Le vieux l'a appelée « Juliette ». Après, j'ai passé des nuits et des jours enfermée dans la piaule d'un hôtel, à Crest. J'y ai dilapidé tout mon argent. Je savais pas quoi faire. La gosse vivait dans un endroit sain et tout, bien entourée. J'avais pas de raison de la leur enlever. Pourtant, j'en avais une : je le voulais.

J'y suis allée. J'ai quand même attendu qu'Henri Delhomme et Elsa soient plus là encore, pour parler à la femme, entre femmes, on se comprendrait. Le couple avec la jolie fille ramassait les cerises dans un champ. C'est l'épouse Delhomme qui m'a reçue, donc, elle s'appelait Louise. Moi, je savais pas trop. C'est sa réaction qui m'a convaincue : elle a rien voulu entendre et m'a chassée au fusil. Juliette était leur fille, elle a dit. Je sais pas, mais elle se sentait propriétaire, cette salope. Alors j'y suis retournée le lendemain. Mais j'ai pas eu le temps de pénétrer dans la maison, ni de voir Elsa, ni rien.

C'était dehors. Le vieux Delhomme m'a dit qu'il acceptait de me rendre mon Elsa, mais qu'il voulait me montrer quelque chose avant. On a traversé un champ jusqu'à un bâtiment de ferme, plus haut sur leur terrain. Là, il m'a rien montré. J'ai dû prendre un coup par-derrière parce que je me suis trouvée ligotée et bâillonnée, et j'avais du sang qui coulait de mon oreille, et c'était la nuit. Puis le vieux m'a attachée avec des chaînes à une poutre. Et je me suis pas arrêtée de hurler, alors il m'a fourré la tête dans un sac et j'ai continué à crier, mais j'y arrivais pas. J'ai dû perdre connaissance. Je me suis réveillée, je m'étais pissé et chié dessus, j'avais plus le sac. J'ai pas eu à manger parce que je hurlais tout le temps s'il m'ôtait le bâillon. Il a pourtant fallu que je boive. Il a apporté une bassine et aussi des vêtements.

Plus tard, le vieux m'a descendue et m'a enfermée dans une boîte, la chaîne sortait d'un mur et j'avais un boulet à la cheville. Il m'apportait de la nourriture et de l'eau. Je voyais pas toujours la lumière, le vieux mettait une bougie et laissait la trappe entrouverte. Au début, j'ai gratté avec la fourchette, mais je suis tombée sur du métal, j'ai cogné, gueulé et tapé. J'ai demandé pourquoi aussi quand la trappe elle s'ouvrait. Je m'agenouillais, je suppliais par la trappe et je demandais pourquoi. Le reste du temps, j'étais dans le noir, en boule, je pleurais. Et puis, au bout d'un moment, j'ai arrêté, j'avais plus de larmes. Je crois que j'ai surtout dormi. Et que je suis devenue folle. J'étais persuadée d'être morte, à cause de tout ce que j'avais fait de mal pour vivre.

J'avais un pot pour la merde et uriner, avec un couvercle. Chaque fois qu'il est venu, j'ai gravé le nom de ma fille sur le mur. En colonne et par sept. À la fourchette. C'était à moi. J'ai cassé l'assiette et j'ai planté une pointe dans mon poignet, mais j'ai pas pu couper. Ça a saigné. Mais j'ai pas pu. J'étais un animal, et les animaux, ça sait pas se tuer. Les humains, ça sait, c'était pas moi. C'étaient eux qui voulaient ma fille à ma place et qui avaient pas le courage de me tuer. C'était lui qui apportait l'eau, la nourriture, des fois des vêtements et qui parlait pas. Si j'étais docile, j'avais droit, sinon j'étais punie. Je lui ai jeté mon pot de pisse et de merde à travers la trappe et j'ai été réprimandée.

Alors j'ai arrêté, et je suis devenue gentille. Une fois, j'ai réussi à passer la main par la trappe et à attraper la bougie. J'ai gratté jusqu'à la paille qui devait être là pour le bruit et j'ai mis le feu au cachot. Il y a eu la fumée et j'ai plus pu respirer. Voilà, j'étais vraiment morte, c'était la preuve. Sauf que je me suis réveillée, trempée, je sais pas combien de temps après. Le vieux avait éteint l'incendie, il m'a remise dans ma boîte. Après, il y a plus rien eu qui est sorti de ma bouche, que des bruits effrayés et encore, j'avais perdu la parole, et les mots, ils étaient prisonniers de ma tête. C'est ça quand tu es folle. Tu es morte, mais tu vis.

Sauf qu'un jour la trappe s'est ouverte et c'était pas lui. J'ai vu des yeux dans la fente, ses yeux noirs. J'ai pas pu parler. Je savais plus. J'ai cru que c'était pas vrai, rien qu'un cauchemar que je fabriquais. La trappe s'est refermée vite et j'ai entendu des pas, la fuite. Mais les yeux sont revenus, et puis le souffle, j'écoutais : les yeux respiraient.

Elle a ouvert la trappe plus grand, j'ai vu toute sa tête, ses cheveux clairs, et elle m'a regardée comme si j'étais le diable. Sûrement que j'étais un personnage de ses nuits d'enfant. Sûrement qu'elle avait oublié, mais qu'elle se souvenait quelque part de moi, de la Madeleine et de son Uzy, ma Suzy à moi. C'était la petite gamine sauvage, ma fille. En tout cas, elle est revenue encore et, une fois, j'ai réussi à parler. Elle a rien dit. Elle m'a donné une pomme. C'était du sucre et c'était bon.

J'ai fait beaucoup de choses mal dans ma vie, mais j'ai jamais tué. C'est Elsa qui les a tués. Elle m'a amenée à la ferme d'en bas pour me montrer qu'ils étaient morts. Elle connaissait la cachette de l'argent et tout le reste. J'ai pleuré sur le corps de la femme, les mains rouges.

J'ai passé une robe à « maman Louise » et on a couru dans les champs, dans une forêt obscure dont la route droite était perdue, et on a couru dans la rivière, dans l'eau.

Maintenant, je suis sur le pont pour l'Amérique.

Pierre Beulig est derrière moi, avec son sang. Je sais pas ce qu'on va devenir, mais on est toutes les deux. Et Elsa prend ma main.

Elle montre la mer et elle dit :

— Maman.

Les titres des chapitres proviennent des chansons suivantes :

Comme un bouquet de printemps : « Cerisier rose et pommier blanc », interprétée par André Claveau, paroles de Jacques Larue, musique de Louiguy.

Partie sans laisser d'adresse : « Parti sans laisser d'adresse », interprétée par Lucienne Boyer, paroles de Pierre Dudan, musique de J. Payrac et de Fredo Gardoni.

Soleils et planètes tournent tous en rond : « Si tu t'imagines », interprétée par Juliette Gréco, paroles de Raymond Queneau, musique de Joseph Kosma.

C'est le soleil du soir : « Seul dans la nuit », interprétée par Jacques Pills, paroles de Jean Gacon et de Christian Stengel, musique de Louiguy et de Francis Lopez.

Ça lui remet le cœur à l'ouvrage : « Parce que ça me donne du courage », interprétée par Henri Salvador, paroles de Mireille, musique de Jean Nohain.

Elle faisait tourner toutes les têtes : « Avec son tra la la », interprétée par Suzy Delair, paroles d'André Hornez, musique de Francis Lopez.

Quand soudain une ombre rouge : « Le Petit Chaperon rouge », interprétée par Lisette Jambel, paroles de Françoise Giroux, musique de Louis Gasté.

Les oiseaux sont mes confidents : « On m'appelle Simplet », interprétée par Fernandel, paroles de Jean Manse, musique de Roger Dumas.

J'ai vendu mon âme au diable : « L'Âme au diable », interprétée par Léo Marjane, paroles de Jacques Larue, musique de Louis Gasté.

Douce France : « Douce France », interprétée par Charles Trenet, paroles de Charles Trenet, musique de Léon Chauliac.

Finis, les rires et les trilles : « Le Bar de l'escadrille », interprétée par Marie José, paroles de Roland Tessier, musique de Jacques Simonot.

Près d'un tournant y avait un bois : « À bicyclette », interprétée par Bourvil, paroles de René Alquier et de Bourvil, musique d'Étienne Lorin.

Je volerais tes plus tristes pensées… : « Si j'étais une cigarette », interprétée par Éliane Embrun, paroles d'André Salvador et de Louis Poterat, musique d'André Salvador et d'Henri Bourtayre.

Pour fuir le présent : « Le Coffre aux souvenirs », interprétée par André Claveau, paroles de François Llenas et de Pierre Hiégel, musique de Francis Lopez.

À Paris sur la Terre : « À Paris », Yves Montand, paroles et musique de Nathan Korb.

Perchée aux flancs de Paname : « Pigalle », interprétée par Georges Ulmer, paroles de Georges Ulmer et de Géo Koger, musique de Georges Ulmer et de Guy Luypaerts.

Chantent mes souvenirs : « Chantent mes souvenirs », interprétée par Jean Ségurel et son orchestre et Mario Monaco, paroles de R. Roche-Chably, musique de Robert Monédière, arrangements de Jean Ségurel.

Et m'enterrer là-haut dans les montagnes : « Bella Ciao », anonyme.

Au rythme d'un tango : « Argentine », interprétée par Luis Mariano, paroles de Jacques Compère, musique de Francis Lopez.

Si tu meurs, que tu sois loin de moi : « L'Hymne à l'amour », interprétée par Édith Piaf, paroles d'Édith Piaf, musique de Marguerite Monnot.

## Notice historique

La Fondation pour la Mémoire de la Shoah estime à 72 000 le nombre d'enfants d'origine juive vivant en France en 1939 : environ 11 400 sont assassinés dans les camps et quelque 60 000 survivent, soustraits au plan d'extermination nazi grâce à des familles ou foyers d'accueil.

Durant la guerre, des organisations juives comme l'Œuvre de secours aux enfants, les Éclaireurs israélites de France, des organisations communistes comme l'Union des juifs pour la résistance et l'entraide, et des réseaux chrétiens, qu'ils soient catholiques ou protestants, se mobilisent et prennent d'énormes risques pour leur fabriquer de fausses identités et les sauver.

Il faut attendre les années 1980 pour que des pionniers recueillent leur parole, comme Claudine Vegh dans *Je ne lui ai pas dit au revoir* (Gallimard, 1979). Le mouvement prend une grande ampleur dans les années 1990, notamment à l'initiative de Steven Spielberg, qui filme la génération qui a survécu. Les enfants cachés de France prennent alors conscience qu'ils sont aussi des survivants et s'investissent dans cette collecte, avec une large prise de parole. Certains de ces enfants sont devenus célèbres : le médecin et psychanalyste Boris Cyrulnik, l'historien Saul Friedländer, le philosophe et essayiste André Glucksmann, l'historien et avocat Serge Klarsfeld ou l'écrivaine et journaliste Claude B. Levenson.

Pour autant, plusieurs connaissent un destin encore plus tragique : après la guerre, on refuse pour certains de les rendre à leur famille. L'affaire Finaly est la plus connue. Elle dure de 1945 à 1953 et défraie la chronique judiciaire et médiatique.

Le 7 mars 1944, les parents Finaly sont déportés par le convoi n° 69 de Drancy pour Auschwitz. Il s'agit du plus grand convoi de déportation parti de France. Parmi ces hommes, femmes et enfants, 1 311 déportés sont gazés dès leur arrivée au camp, après trois jours de train. En 1945, il reste 20 survivants.

Avant leur arrestation par la Gestapo le 14 février 1944, les époux Finaly avaient placé leurs deux fils Robert (Ruben) et Gérald (Guédalia) par l'intermédiaire de la congrégation des sœurs de Notre-Dame-de-Sion chez une fidèle de la communauté catholique, Antoinette Brun. Mme Brun dirigeait alors la crèche municipale de Grenoble.

À partir de février 1945, Margarete Fischl, sœur du docteur Finaly, se lance à la recherche de ses neveux. Malgré l'aide d'un ancien résistant, Moïse Keller, les deux orphelins ne sont pas restitués à la famille. Le 28 mars 1948, Antoinette Brun les fait baptiser et les sœurs organisent la fuite et la cache des enfants, qui iront jusqu'à Bayonne. C'est en 1953 seulement, après de nombreux rebondissements judiciaires, que Robert et Gérald sont rendus à leur tante biologique.

Cette affaire implique les plus hautes autorités, catholiques mais aussi juives, et l'État français.

***

Les *Sonderbauten* ont bel et bien existé.

Le premier « bordel » est créé dans le camp de Mauthausen-Gusen dès 1942. Heinrich Himmler décide de généraliser cette institution concentrationnaire pour inciter à la collaboration des détenus, pour faire face à un problème de productivité des détenus mais également pour convertir les prisonniers homosexuels à l'hétérosexualité.

Des *Sonderbauten* existent aussi à Auschwitz après le 30 juin 1943 et à partir du 15 juillet à Buchenwald. D'autres ouvrent à Neuengamme début 1944, à Dachau en mai, à Dora-Mittelbau à la fin de l'été…

Les prostituées utilisées par les nazis sont principalement des prisonnières de droit commun, portant un triangle vert. Certaines d'entre elles subissent des stérilisations ainsi que des avortements forcés entraînant souvent leur mort.

D'après les sources historiques, aucune prostituée juive n'aurait été affectée à un *Sonderbau*. De même, les prisonniers juifs ne peuvent pas en être clients, à la différence des prisonniers considérés comme méritants, des kapos et des SS.

Le sujet de la prostitution dans les camps est abordé dans les mémoires de survivants à la fin de la guerre, en particulier par Eugen Kogon, survivant du camp de Buchenwald, qui publie un ouvrage en 1947. Odd Nansen, déporté à Sachsenhausen, le raconte également en 1949.

Il faut attendre 1972 et le livre *Die Männer mit dem rosa Winkel*, de Heinz Heger (*Les Hommes au triangle rose*, traduction d'Alain Chouchan, H & O, 2006) pour que ce thème soit de nouveau abordé.

Le sujet reste largement tabou dans les études sur le nazisme jusqu'au milieu des années 1990.

MIXTE
Papier issu de
sources responsables
FSC® C003309

L'éditeur de cet ouvrage s'engage dans une démarche
de certification FSC® qui contribue à la préservation
des forêts pour les générations futures.

Pour en savoir plus :
www.editis.com/engagement-rse/

10/18 – 92 avenue de France, 75013 PARIS

*Imprimé en France par* CPI

N° d'impression : 167411
X08013/01